9/22

PONI

R. J. PALACIO

PONI

Traducción de **Noemí Sobregués**

NUBE **DE TINTA**

Poni

Título original: *Pony*

Primera edición en España: febrero, 2022
Primera edición en México: mayo, 2022

D. R. © 2021, R. J. Palacio

D. R. © 2022, Penguin Random House Grupo Editorial, S. A. U.
Travessera de Gràcia, 47-49, 08021, Barcelona

D. R. © 2022, derechos de edición mundiales en lengua castellana:
Penguin Random House Grupo Editorial, S. A. de C. V.
Blvd. Miguel de Cervantes Saavedra núm. 301, 1er piso,
colonia Granada, alcaldía Miguel Hidalgo, C. P. 11520,
Ciudad de México

penguinlibros.com

D. R. © 2022, Noemí Sobregués Arias, por la traducción

Imagen del interior (caballo) utilizada bajo licencia de Shutterstock.com
Imagen del interior (luna): La luna, 1857, © Getty Images
Todas las demás imágenes del interior son cortesía de la autora

ISBN: 978-607-381-443-0

Impreso en México – *Printed in Mexico*

Para mi madre

Nuestras naturalezas no pueden ser explicadas…

MARGOT LIVESEY
Eva Moves the Furniture

Que te vaya bien, debo marcharme
y dejarte por un tiempo.
Pero vaya a donde vaya, volveré
aunque esté a veinte mil kilómetros.

Veinte mil kilómetros, mi amor verdadero,
veinte mil kilómetros o más,
y que se derritan las rocas y ardan los mares
si no vuelvo.

Oh, vuelve, mi amor verdadero
y quédate un rato conmigo
porque si he tenido una persona amiga en este mundo,
has sido tú.

ANÓNIMO
«Fare Thee Well»

UNO

Me he marchado de Ítaca para ir en su busca.

FRANÇOIS FÉNELON
Las aventuras de Telémaco, 1699

Del *Boneville Courier*, 27 de abril de 1858:

Un niño de diez años que vive cerca de Boneville se dirigía recientemente a su casa, próxima a un gran roble, cuando se desató una fuerte tormenta. El niño se refugió bajo el árbol un instante antes de que lo alcanzara un rayo, que lo lanzó al suelo, como sin vida, y le quemó la ropa hasta convertirla en cenizas. Sin embargo, ese día la fortuna sonrió al niño, porque su padre, que había presenciado lo sucedido, pudo revivirlo rápidamente con un fuelle de chimenea. La experiencia no tuvo consecuencias para el niño, salvo por un peculiar recordatorio: se le quedó grabada en la espalda una imagen del árbol. Este "daguerrotipo por rayo" es uno de los varios documentados en los últimos años, lo que lo convierte en otra maravillosa curiosidad de la ciencia.

1

Mi episodio con el rayo fue lo que inspiró a mi padre a sumergirse en las ciencias fotográficas, y así empezó todo. Mi padre siempre había sentido curiosidad por la fotografía, ya que nació en Escocia, donde estas artes florecen. Se interesó por los daguerrotipos durante una breve temporada tras establecerse en Ohio, una zona llena de manantiales de sal (de donde se saca el bromo, un elemento básico para el revelado). Pero los daguerrotipos eran una iniciativa cara que generaba muy pocas ganancias, y mi padre no disponía de los medios para dedicarse a ella. «La gente no tiene dinero para recuerdos delicados», pensó. Y por eso se convirtió en fabricante de botas. «La gente siempre necesita botas», dijo. La especialidad de mi padre eran las Wellington de cuero flor hasta la pantorrilla, a las que añadió un compartimento secreto en el tacón para guardar el tabaco o una navaja. A los clientes les gustaba mucho esta ventaja, así que nos las arreglábamos bastante bien gracias a los pedidos de botas. Mi padre trabajaba en el cobertizo, junto al granero, y una vez al mes iba a Boneville con una carreta llena de botas jalada por Mula, nuestra mula.

Pero después de que un rayo me grabara la imagen del roble en la espalda, mi padre volvió a dirigir su atención a la ciencia fotográfica. Creía que la imagen en mi piel era consecuencia de las mismas reacciones químicas que tienen lugar en la fotografía. «El cuerpo humano —me dijo mientras lo observaba mezclando sustancias que olían a huevos podridos y a vinagre de manzana— es un recipiente que contiene las mismas misteriosas sustancias que todo lo demás del universo y está sujeto a las mismas leyes físicas. Si una imagen puede conservarse en tu cuerpo por acción de la luz, también podrá conservarse en el papel si aplicamos esa misma acción.» Por eso lo que le interesaba ahora ya no eran los daguerrotipos, sino una nueva forma de fotografía en la que se empapaba papel en una solución de hierro y sal, y luego, mediante la luz del sol, se transfería a ese papel una imagen positiva de un negativo de vidrio.

Mi padre no tardó en dominar la nueva ciencia y se convirtió en un prestigioso profesional del «proceso del colodión», como se le llamaba, un arte que apenas se veía por esta zona. Era un campo que requería audacia, exigía gran experiencia y cuyo resultado eran imágenes sorprendentemente hermosas. Los «hierrotipos» de mi padre, como él los llamaba, no eran tan exactos como los daguerrotipos, pero ofrecían sutiles matices que hacían que parecieran dibujos al carboncillo. Utilizaba su propia fórmula de sensibilizador, que era donde entraba en juego el bromuro, y solicitó la patente antes de abrir un estudio en Boneville, al final de la calle del juzgado. En muy poco tiempo, sus retratos en papel con polvo de hierro causaron furor en esta zona, porque no sólo eran infinitamente más baratos que los daguerrotipos, sino que podían reproducirse una y otra vez a partir de un único negativo. Para que fueran aún más bonitos, y por una tarifa adicional, los teñía con una mezcla de huevo y pigmento, lo que les daba un aspecto de lo más realista. Venía gente de todas partes a hacerse retratos. Una elegante dama vino desde Akron para una sesión. Yo ayudé en el estudio de mi padre ajustando el tragaluz y limpiando las placas. Incluso me dejó limpiar varias veces el nuevo objetivo de bronce para retratos, que había supuesto una gran inversión en el negocio y que había que manejar con mucha delicadeza. Nuestras circunstancias habían cambiado tanto que mi padre contemplaba la posibilidad de vender su empresa de botas, porque decía que prefería «el olor de las pócimas de sus mezclas a la peste a pies».

Fue en aquella época cuando la visita al amanecer de tres jinetes y un poni negro con la cara blanca nos cambió la vida para siempre.

2

Mittenwool me despertó de un sueño profundo aquella noche.

—Silas, despierta. Unos jinetes se dirigen hacia aquí —me dijo.

Mentiría si dijera que la urgencia de su llamada hizo que me levantara de un salto de inmediato. No fue así. Me limité a murmurar algo y me di media vuelta en la cama. Entonces me dio un fuerte empujón, cosa que no le resulta nada fácil. A los fantasmas les cuesta moverse en el mundo material.

—Déjame dormir —le contesté de mal humor.

Entonces oí a Argos aullando como un loco en el piso de abajo y a mi padre amartillando el rifle. Miré por la pequeña ventana que estaba junto a mi cama, pero era una noche oscura como boca de lobo y no vi nada.

—Son tres —me dijo Mittenwool colocándose a mi lado y mirando por la ventana.

—¿Papá? —grité bajando la escalera.

Mi padre estaba preparado, con las botas puestas y mirando por la ventana.

—Quédate abajo, Silas —me advirtió.

—¿Enciendo la lámpara?

—No. ¿Los viste desde tu ventana? ¿Cuántos son? —me preguntó.

—Yo no los vi, pero Mittenwool dice que son tres.

—Armados —añadió Mittenwool.

—Llevan armas —dije yo—. Papá, ¿qué quieren?

No me contestó. Ahora oíamos el galope, cada vez más cerca. Mi padre abrió la puerta con el rifle en las manos. Se puso el abrigo y se giró para mirarme.

—No salgas, Silas. Pase lo que pase —me dijo en tono muy serio—. Si hay problemas, corre a la casa de Havelock. Sales por detrás y corres campo a través. ¿Me oyes?

—No vas a salir, ¿verdad?

—Ocúpate de Argos —me contestó—. No lo dejes salir.

Sujeté a mi perro por el cuello.

—No vas a salir, ¿verdad? —volví a preguntarle, asustado.

No me contestó, pero abrió la puerta, salió al porche y apuntó con el rifle a los jinetes que se acercaban. Mi padre era un hombre valiente.

Tiré de Argos hacia mí, me dirigí muy despacio a la ventana y me asomé. Vi a los hombres avanzando. Como había dicho Mittenwool, eran tres jinetes. Detrás de uno de ellos iba un cuarto caballo, un enorme caballo negro, y a su lado el poni con la cara blanca.

Al ver el rifle de mi padre, los jinetes redujeron la velocidad a medida que se acercaban a nuestra casa. El líder, un hombre con un abrigo amarillo, levantó los brazos en un gesto de paz y detuvo del todo su caballo.

—Hola —le dijo a mi padre a poco más de diez metros del porche—. Puede bajar el arma, señor. Vengo en son de paz.

—Bajen primero las suyas —le contestó mi padre con el rifle pegado al hombro.

—¿La mía? —el hombre se miró teatralmente las manos vacías y después giró la cabeza a izquierda y derecha, y pareció darse cuenta de repente de que sus compañeros llevaban las armas desenfundadas—. ¡Bájenlas, chicos! Están causando una mala impresión —volvió a dirigirse a mi padre—: Lo siento. No quieren hacerles daño. Es la costumbre.

—¿Quiénes son ustedes?

—¿Es usted Mac Boat?

Mi padre negó con la cabeza.

—¿Quiénes son? Se presentan aquí en plena noche.

El hombre del abrigo amarillo parecía no tener ningún miedo a su rifle. Como estaba oscuro, no lo veía bien, pero creo que era más bajo que mi padre (mi padre era uno de los hombres más altos de Boneville). Y también más joven. Llevaba un sombrero de copa, como los caballeros, aunque por lo que veía no lo era. Parecía un rufián. Con una barba puntiaguda.

—Bueno, bueno, no se enoje —le dijo en tono suave—. Mis chicos y yo teníamos previsto llegar al amanecer, pero llegamos antes de lo que habíamos pensado. Soy Rufe Jones, y ellos son Seb y Eben Morton. No se moleste en intentar distinguirlos.

Es imposible —fue entonces cuando me di cuenta de que los dos hombres corpulentos eran un duplicado el uno del otro, llevaban un sombrero idéntico de ala ancha inclinada hacia sus rostros redondos como la luna llena—. Venimos con una propuesta interesante de nuestro jefe, Roscoe Ollerenshaw. Seguro que ha oído hablar de él.

Mi padre no contestó.

—Bueno, el señor Ollerenshaw lo conoce, Mac Boat —siguió diciendo Rufe Jones.

—¿Quién es Mac Boat? —me susurró Mittenwool.

—No conozco a ningún Mac Boat —le dijo mi padre sin bajar el rifle—. Me llamo Martin Bird.

—Por supuesto —le contestó rápidamente Rufe Jones, asintiendo—. Martin Bird, el fotógrafo. El señor Ollerenshaw conoce bien su trabajo. Por eso estamos aquí, ¿sabe? Tiene una propuesta que le gustaría comentarle. Hemos recorrido un largo camino para hablar con usted. ¿Podemos entrar un momento? Hemos cabalgado toda la noche. Tengo los huesos helados —se levantó el cuello del abrigo para ilustrarlo.

—Si quiere hablar de negocios, venga a mi estudio durante el día, como haría cualquier hombre civilizado —le contestó mi padre.

—¿Por qué adopta ese tono conmigo? —le preguntó Rufe Jones, como si estuviera perplejo—. La naturaleza de nuestro negocio exige cierta privacidad, eso es todo. No queremos hacerle daño, ni usted ni a su hijo, Silas. Es el que está mirando por la ventana, ¿verdad?

En ese momento tragué saliva, no voy a mentir. Aparté la cabeza de la ventana. Mittenwool, que estaba agachado detrás de mí, apoyó una mano en mi hombro para que me sintiera protegido.

—Tienen cinco segundos para salir de mi propiedad —les advirtió mi padre, y por su tono supe que lo decía en serio.

Pero Rufe Jones no debió de darse cuenta de su tono amenazador, porque se limitó a reírse.

—Bueno, no se enoje. Yo sólo soy el mensajero —le contestó, tranquilo—. El señor Ollerenshaw nos envió a buscarlo, y eso estamos haciendo. Como le dije, no quiere hacerle daño. De hecho, quiere ayudarlo. Quería que le dijera que puede ganar mucho dinero. Sus palabras exactas fueron «una pequeña fortuna». A cambio de muy pocas molestias por su parte. Sólo una semana de trabajo y será usted rico. Incluso les trajimos caballos. Uno grande y bonito para usted, y uno pequeño para su hijo. El señor Ollerenshaw es una especie de coleccionista de caballos, así que debería considerar un honor que le permita montar sus magníficos corceles.

—No me interesa. Ahora les quedan tres segundos para marcharse —le contestó mi padre—. Dos…

—¡De acuerdo, de acuerdo! —le dijo Rufe Jones levantando las manos—. Nos marcharemos. ¡No se preocupe! Vamos, chicos.

Tiró de las riendas de su caballo, dio media vuelta, y lo mismo hicieron los hermanos, que arrastraron tras ellos los dos caballos sin jinete. Empezaron a alejarse de nuestra casa lentamente. Pero a los pocos pasos Rufe Jones se detuvo. Extendió los brazos, como si fuera un Cristo, para que mi padre viera que seguía desarmado, y luego volteó a verlo.

—Pero volveremos mañana con muchos más hombres —le dijo—. Lo cierto es que el señor Ollerenshaw no es de los que se rinden fácilmente. Esta noche vine en son de paz, pero no puedo prometerle que mañana suceda lo mismo. Bueno, cuando el señor Ollerenshaw quiere algo, lo quiere.

—Hablaré con el sheriff —lo amenazó mi padre.

—¿De verdad, señor Boat? —lo dijo Rufe Jones. Ahora su tono era más intimidante. Ya no era tan ligero como antes.

—Me apellido Bird —contestó mi padre.

—Cierto. Martin Bird, el fotógrafo de Boneville, que vive en medio de la nada con su hijo, Silas Bird.

—Será mejor que se vayan —dijo mi padre en tono áspero.

—Muy bien —contestó Rufe Jones. Pero no espoleó su caballo.

Yo observaba todo esto sin aliento, con Mittenwool a mi lado. Durante unos segundos nadie se movió ni dijo una palabra.

3

—El problema es el siguiente —le dijo Rufe Jones con los brazos aún extendidos. Su voz había recuperado el tono cantarín—. Sería un engorro que mañana tuviéramos que volver a cruzar estos campos y el bosque acompañados de diez o doce hombres más armados hasta los dientes. Dios sabe lo que podría pasar con tantos rifles apuntando a todos lados. Ya sabe cómo son estas cosas. Puede producirse una tragedia. Pero si viene con nosotros esta noche, señor Boat, podemos evitar que ocurra algo tan desagradable —giró las manos colocando las palmas hacia arriba—. No lo alarguemos más —siguió diciendo—. Usted y su hijo disfrutarán de un agradable paseo con nosotros en estos magníficos caballos. Y los traeremos a los dos de vuelta dentro de una semana. Es una promesa solemne del gran hombre en persona. Por cierto, me dijo que se lo dijera así exactamente. Que dijera la palabra *solemne*. ¡Vamos, es un buen negocio para usted, Mac Boat! ¿Qué me dice?

Vi que mi padre, todavía apuntando al hombre con el rifle, con el dedo aún en el gatillo, apretaba la mandíbula. En ese momento su expresión me resultó extraña. No reconocía los tensos ángulos de su cuerpo.

—No me llamo Mac Boat —dijo muy despacio—. Me llamo Martin Bird.

—¡Sí, claro, señor Bird! Discúlpeme —le contestó Rufe Jones sonriendo—. Se llame como se llame, ¿qué me dice? Evitemos situaciones desagradables. Baje el rifle y venga con nosotros. Es sólo una semana. Y cuando vuelva, será un hombre rico.

Mi padre dudó durante otro largo segundo. Me pareció que todo el tiempo estaba contenido en ese instante. Y fue porque de alguna manera en ese instante mi vida cambió para siempre. Mi padre bajó el arma.

—¿Qué está haciendo? —le susurré a Mittenwool. De repente estaba más asustado de lo que recuerdo haber estado nunca. Era como si se me hubiera parado el corazón. Como si todo el mundo hubiera dejado de respirar.

—De acuerdo, iré con ustedes —dijo mi padre en voz baja, rompiendo el silencio de la noche como un trueno—, pero sólo si dejan a mi hijo al margen. Él se queda aquí, sano y salvo. No dirá una palabra de esto a nadie. De todos modos, nadie viene por aquí. Y vuelvo en una semana. Me dijo que Ollerenshaw dio su palabra solemne. Ni un día más.

—Hum, no sé —gruñó Rufe Jones moviendo la cabeza—. El señor Ollerenshaw nos dijo que los lleváramos a los dos con nosotros. Insistió en ello.

—Como le dije —contestó mi padre en tono firme—, sólo iré con ustedes pacíficamente esta noche con esas condiciones. De lo contrario, tendremos una situación desagradable aquí y ahora o cuando vuelvan. Tengo buena puntería. No me ponga a prueba.

Rufe Jones se quitó el abrigo y se frotó la frente. Miró a sus dos compañeros, que no dijeron nada, o quizá se encogieron de hombros. En la oscuridad me costaba ver algo aparte de sus pálidos rostros.

—Muy bien, muy bien, pues que sea pacíficamente —aceptó Rufe Jones—. Sólo usted. Pero tiene que ser ahora. Tire el rifle hacia aquí y acabemos con esto.

—Se lo daré cuando lleguemos al bosque, no antes.

—Está bien, pero vamos.

Mi padre asintió.

—Voy a buscar mis cosas —le dijo.

—¡Oh, no! No estoy de humor para engaños —le contestó Rufe Jones rápidamente—. ¡Nos vamos ya! Suba a ese caballo y nos vamos ahora, o no hay trato.

—¡No, papá! —grité corriendo hacia la puerta.

Mi padre se giró hacia mí con esa expresión que, como he dicho, no me resultaba familiar. Como si hubiera visto al demonio. Su cara me asustó. Entrecerró los ojos.

—Quédate dentro, Silas —me ordenó señalándome con el dedo. Su tono era tan serio que me detuve en seco en la puerta. Nunca en la vida me había hablado así—. No va a pasarme nada. Pero no salgas de casa. Para nada. Volveré dentro de una semana. Tienes comida suficiente hasta entonces. Todo irá bien. ¿Me oyes?

No dije nada. No habría podido, aunque lo hubiera intentado.

—¿Me oyes, Silas? —me dijo más alto.

—Pero, papá… —le supliqué con voz temblorosa.

—Tiene que ser así —me contestó—. Estarás a salvo aquí. Nos vemos dentro de una semana. Ni un día después. Ahora vuelve dentro, rápido.

Hice lo que me dijo.

Se dirigió al enorme caballo negro, montó y sin mirarme siquiera lo giró y se alejó al galope con los demás jinetes hacia la vasta noche.

Así es como mi padre empezó a trabajar para una importante banda de falsificadores, aunque en aquel momento no lo sabía.

4

No sé cuánto tiempo me quedé en la puerta observando la colina por la que había desaparecido mi padre. Lo bastante para ver que el cielo empezaba a iluminarse.

—Ven a sentarte, Silas —me dijo Mittenwool en tono amable.

Negué con la cabeza. Me daba miedo apartar la mirada del punto distante en el que había desaparecido mi padre porque temía que, si lo perdía, no podría volver a encontrarlo.

Los campos que rodean nuestra casa son llanos en todas las direcciones menos en la colina, que se alza lentamente hacia el este y luego desciende hacia el bosque, una maraña de árboles centenarios rodeados de carpes americanos por los que ni siquiera las carretas más pequeñas podrían pasar. Al menos, eso dicen.

—Ven a sentarte, Silas —me repitió Mittenwool—. Ahora no podemos hacer nada. Sólo tenemos que esperar. Volverá dentro de una semana.

—Pero ¿y si no vuelve? —le susurré con lágrimas resbalándome por las mejillas.

—Volverá. Tu padre sabe lo que hace.

— ¿Qué quieren de él? ¿Quién es ese señor Oscar Rensloquesea? ¿Quién es ese tal Mac Boat? No entiendo lo que ha pasado.

—Estoy seguro de que tu padre te lo explicará todo cuando vuelva. Sólo tienes que esperar.

—¡Una semana! —a esas alturas las lágrimas me habían empañado tanto la visión que ya no veía el punto en el que había desaparecido mi padre—. ¡Una semana!

Me giré hacia Mittenwool. Estaba sentado a la mesa, inclinado hacia adelante y con los codos apoyados en las rodillas. Parecía desamparado. Creo que es la palabra exacta para describir su expresión. Desamparado.

—Todo irá bien, Silas —me aseguró—. Estaré aquí contigo. Y Argos también. Te haremos compañía. Estarás bien. Y antes de que te des cuenta, habrá vuelto tu padre.

Miré a Argos, que se había acurrucado en la caja rota que utilizaba como cama. Era un perro peleonero, con una sola oreja y piernas temblorosas.

Y después volví a mirar a Mittenwool, que había alzado las cejas para infundirme confianza. Ya dije antes que Mittenwool es un fantasma, aunque no estoy del todo seguro de que ésta sea la mejor palabra para definirlo. Un espíritu. Una aparición. La verdad es que no sé exactamente cómo llamarlo. Mi padre cree que es un amigo imaginario o algo así, pero yo sé que no lo es. Mittenwool es tan real como la silla en la que está sentado, la casa en la que vivimos y el perro. El hecho de que sólo yo pueda verlo y oírlo no significa que no sea real. En fin, si lo vieran o lo oyeran, dirían que es un chico de unos dieciséis años, alto, delgado y de ojos brillantes, con una rebelde mata de cabello oscuro y una sonrisa cordial. Ha sido mi compañero desde que tengo uso de razón.

—¿Qué voy a hacer? —dije sin aliento.

—Vas a venir a sentarte —me contestó dando una palmada en la silla que estaba junto a la mesa—. Vas a prepararte el desayuno, a meterte un poco de café caliente en el estómago y luego, cuando hayas acabado, haremos balance de la situación. Revisaremos la alacena para ver qué comida tienes y la racionaremos para que tengas suficiente y no te falte de nada durante los siete días. Luego iremos a ordeñar a Mu, traeremos los huevos y le daremos un poco de heno a Mula, como hacemos cada mañana. Esto es lo que vamos a hacer, Silas.

Mientras me hablaba, me senté a la mesa a su lado. Se inclinó hacia mí.

—Todo irá bien —me dijo con una sonrisa tranquilizadora—. Ya lo verás.

Asentí porque estaba esforzándose mucho para consolarme y no quería decepcionarlo, pero en el fondo no creía que todo fuera a ir bien. Y resultó que tenía razón. Porque tras haber ordeñado a Mu, haber pasado a ver a las gallinas, haberle dado heno a Mula, haberme preparado unos huevos, haber sacado agua del pozo y vaciado la despensa para ver cuánta comida tenía y hacer raciones para cada día de la semana, y después de haber barrido el suelo, cortado la leña en trozos pequeños y hacer hot cakes que acabé no comiéndome porque no tenía nada de hambre, ya que tenía el estómago revuelto por haberme tragado las lágrimas, miré por la ventana y vi que el poni con la cara blanca estaba delante de la casa.

5

A la luz del día no era tan pequeño como me había parecido en la oscuridad. Quizá los caballos que lo rodeaban eran especialmente grandes. Pero ahora, pastando junto al roble chamuscado, el poni parecía de una altura normal para ser un caballo. Su pelo negro brillaba a la luz del sol y tenía el cuello arqueado y musculoso, coronado por esa cabeza totalmente blanca, lo que lo convertía en un espectáculo de lo más peculiar.

Salí y miré a mi alrededor. No había rastro de mi padre ni de los hombres con los que se había marchado. Los campos lejanos estaban silenciosos, como siempre. A última hora de la mañana había llovido un poco, pero ahora el cielo estaba despejado, salvo por unas cuantas nubes largas y finas como el humo.

Me dirigí al poni, y Mittenwool me siguió. Suele poner nerviosos a los animales, pero el poni se limitó a mirarlo con curiosidad mientras nos acercábamos. Tenía largas pestañas negras, un hocico pequeño y ojos azul claro abiertos como los de un ciervo.

—Hola, amigo —le dije en voz baja y extendiendo el brazo con cuidado para darle palmaditas en el cuello—. ¿Qué estás haciendo aquí?

—Supongo que no podía seguir el ritmo de los caballos grandes —sugirió Mittenwool.

—¿Eso es lo que te pasó? —le pregunté al poni, que giró la cabeza para mirarme—. ¿Te quedaste atrás? ¿O te soltaron?

—Es un animal extraño.

Algo en la forma en que el poni me miraba, tan directamente, me reconfortó.

—Creo que es muy bonito —dije.

—La cara parece una calavera.

—¿Crees que lo mandaron a buscarme? Recuerda que querían que yo fuera con mi padre. Quizá cambiaron de opinión y ya no quieren que me quede aquí.

—¿Y cómo iba a saber volver él solo?

—Era sólo una idea —le contesté encogiéndome de hombros.

—Mira si hay algo en la alforja.

Extendí la mano con cuidado, porque temía asustar al poni, para ver qué había dentro de la alforja mientras el animal siguió mirándome con frialdad, sin asustarse ni inquietarse.

Estaba vacía.

—Quizá Rufe Jones mandó a uno de los hermanos a buscarme con el poni para que yo lo montara —dije entonces—, y al hombre le pasó algo, tal vez se cayó de su caballo o algo así, y el poni siguió sin él.

—Supongo que es posible, pero eso no explica cómo pudo saber volver a tu casa.

—Seguramente siguió el camino que hizo anoche —razoné, pero incluso antes de haber acabado de decirlo se me ocurrió otra cosa—. ¡O tal vez el que venía con el poni era mi padre! —exclamé—. ¡Mittenwool! Quizá mi padre se escapó, estaba volviendo a casa en el gran caballo negro, pero se cayó, y el poni siguió adelante.

—No, no tiene sentido.

—¿Por qué no? ¡Podría ser! ¡Mi padre podría estar tirado en el bosque! ¡Tengo que ir a buscarlo!

Me dispuse a meter el pie descalzo en el estribo, pero Mittenwool se colocó delante de mí.

—Espera, cálmate. Pensémoslo de forma racional, ¿okey? —me dijo muy serio—. Si tu padre hubiera escapado de esos hombres, no se habría llevado el poni. Se habría largado a toda velocidad para llegar a casa lo antes posible. De modo que lo que dices no tiene mucho sentido, ¿no crees? Lo que parece más probable es que, por alguna razón, el poni se perdió en el bosque y volvió aquí. Así que vayamos a buscar un poco de agua para este poni perdido, porque debe de estar reventado, y luego volvamos a casa.

—Mittenwool —le dije moviendo la cabeza, sumido en mis pensamientos, porque se me habían ocurrido muchas cosas mientras él estaba hablando. Y esos pensamientos ahora estaban claros como el agua para mí—. Escúchame, por favor. Creo que el hecho de que el poni esté aquí… es una señal. Creo que vino a buscarme. No sé si lo envió mi padre o el buen Dios, pero es una señal. Tengo que ir a buscar a mi padre.

—Vamos, Silas. ¿Una señal?

—Sí, una señal.

—Bah —contestó con desdén y negando con la cabeza.

—Piensa lo que quieras —dije, y volví a levantar el pie hacia el estribo.

—¡Tu padre te dijo que lo esperaras! «No salgas de casa. Para nada.» Eso dijo. Y es lo que tienes que hacer. Volverá dentro de una semana. Sólo tienes que ser paciente.

Por un momento dudé. Un segundo antes lo tenía muy claro, pero Mittenwool me hacía esto de vez en cuando. Sabía disuadirme y poner en duda mi forma de ver las cosas.

—Además, ni siquiera sabes montar a caballo —añadió.

—¡Claro que sé! Monto a Mula cada día.

—Mula es más un burro que un caballo, seamos realistas. Y ahora tú también estás siendo un poco burro. Vamos dentro.

—El burro eres tú.

—Vamos, Silas. Volvamos a casa.

Su insistencia casi me convenció de que abandonara mis intenciones. Lo cierto es que sólo había montado a caballo un par de veces en mi vida, y en ambas, como era tan pequeño, mi padre tuvo que subirme a la silla.

Pero entonces el poni resopló, casi como si estornudara, y por alguna razón lo interpreté como una invitación a que lo montara. Con el pie descalzo aún medio metido en el estribo, subí rápidamente a la silla. Pero al intentar pasar la otra pierna hacia el otro lado, se me salió el pie de la tira de cuero y caí hacia atrás, en el barro. El poni soltó un relincho y movió la cola.

—¡Maldita sea! —grité chapoteando el barro con las manos—. ¡Maldita sea! ¡Maldita sea!

—Silas —me dijo Mittenwool en voz baja.

—¿Por qué me dejó aquí? —grité—. ¿Por qué me dejó solo?

Mittenwool se agachó a mi lado.

—No estás solo.

—¡Lo estoy! —le contesté, y de repente sentí que una enorme lágrima resbalaba por mi mejilla izquierda—. ¡Me dejó solo y no sé qué hacer!

—Escúchame, Silas. No estás solo. ¿De acuerdo? Yo estoy aquí. Lo sabes —me lo dijo mirándome fijamente a los ojos.

—Lo sé, pero... —dudé. Me sequé las lágrimas con el dorso de la manga. Me costaba encontrar las palabras adecuadas—. Pero no puedo quedarme aquí, Mittenwool. No puedo. Algo me dice que vaya a buscar a mi padre. Lo siento en los huesos. Tengo que ir a buscarlo. El poni vino por mí. ¿No lo ves? Vino por mí.

Él suspiró y bajó la mirada negando con la cabeza.

—Sé que parece una locura —añadí—. Dios, quizás esté loco. Estoy en el barro discutiendo con un fantasma sobre un poni que apareció de la nada. ¡Seguro que parece una locura!

Mittenwool hizo una ligera mueca. Sabía que no le gustaba la palabra *fantasma*.

—No estás loco —murmuró.

Le lancé una mirada agradecida.

—Sólo iré a la linde del bosque. Te prometo que no pasaré de ahí. Si salgo ahora, puedo llegar y volver al anochecer. Son sólo dos horas de viaje, ¿verdad?

Mittenwool miró hacia la colina. Sabía lo que estaba pensando. Yo estaba pensando lo mismo. El bosque me aterrorizaba desde hacía años. Una vez, cuando tenía unos ocho años, mi padre quiso llevarme a cazar y me desmayé de miedo, literalmente. En los árboles siempre he visto todo tipo de formas malvadas. Creo que no fue casualidad que me cayera un rayo cerca de un roble.

—¿Y qué vas a hacer cuando llegues al bosque? —me preguntó Mittenwool—. ¿Vas a echar un vistazo y volver? ¿De qué va a servir?

—Al menos sabré que mi padre no está en algún lugar cerca al que yo puedo ir a ayudarlo, que no está tirado en una zanja de por aquí, en apuros, herido o… —no pude seguir. Lo miré—. Mittenwool, por favor. Tengo que hacerlo.

Giró la cara y se levantó mordiéndose el labio inferior. Siempre lo hacía cuando le daba muchas vueltas a algo.

—Muy bien —dijo por fin, a su pesar—. Tú ganas. No tiene sentido discutir con una persona cuando siente algo en los huesos.

Yo iba a contestar, pero él gritó:

—¡Pero no vayas descalzo! Ni sin abrigo. Y el poni necesita agua. Así que lo primero es lo primero, llevémoslo al abrevadero, démosle un poco de avena y luego prepararemos provisiones para ti. Después iremos a la linde del bosque a buscar a tu padre, que no te quepa duda. ¿Te parece bien?

Oía mi corazón latiéndome en los oídos.

—¿Quieres decir que vendrás conmigo? —le pregunté. No me había atrevido a preguntárselo antes.

Arqueó las cejas y sonrió.

—Claro que voy contigo, tonto.

DOS

La historia del querer no tiene fin.

Anónimo
«The Riddle Song»

1

Sé que parecerá imposible, pero recuerdo el día que murió mi madre. Estuve casi todo el tiempo en su estómago y oía su corazón latiendo como un pajarillo silvestre mientras daba a luz. Y cuando por fin nací, mi padre me dejó en sus brazos, yo me retorcí y mi madre sonrió, pero en aquel momento el pájaro silvestre estaba preparándose para echar a volar, así que me devolvió a mi padre justo antes de que su alma abandonara su cuerpo. Lo vi con mis ojos de bebé y ahora recuerdo con toda claridad que su alma se elevó como el humo de un incendio.

Sé que al escuchar esto es posible que sientan la tentación de pensar que Mittenwool de alguna manera dibujó la imagen de mi nacimiento en mis recuerdos, pero no es el caso. Lo recuerdo muy bien. Los ojos de mi madre y su sonrisa, aunque estaba cansada y preocupada porque no iba a poder pasar más tiempo conmigo en este mundo.

No sé por qué pensaba en las circunstancias de mi nacimiento mientras me alejaba de mi casa. Es extraño hacia dónde va la mente cuando tienes miedo. Seguramente pensaba en mi madre incluso antes de salir de casa, ya que ¿por qué otra razón habría agarrado su violín bávaro si creía que aquél iba a ser un corto viaje? Allí estaba, en su funda y colgado de un gancho al lado de la puerta, donde llevaba doce años sin que nadie lo abriera, pero lo conservábamos, y a saber por qué lo descolgué y me lo llevé. Tomen en cuenta que ya llevaba en las manos un rollo de cuerda, un cuchillo, una calabaza llena de agua y un saco con pan y carne salada, que me parecía sensato llevarme para el viaje. Pero ¿un violín? No tenía sentido. Sólo se me ocurre que quizás a veces la vida sabe adónde va antes que nosotros, y en lo más profundo de mí, en las habitaciones de mi corazón, sabía que no volvería a casa.

2

El poni avanzaba tan despacio por los campos de hierba alta que Mittenwool podía caminar tranquilamente a nuestro lado. Argos, sin embargo, no tenía ningún interés en seguirnos el ritmo. Por más que le suplicara que se diera prisa y que le chasqueara una y otra vez la lengua para que viniera, mi perro con una sola oreja nos seguía, indiferente, con sus andares tambaleantes. Cuando por fin llegamos a la cima de la colina, me miró como diciendo: «Me vuelvo a casa, Silas. ¡Adiós!». Se dio media vuelta y se alejó cojeando sin la menor sensiblería.

—¡Argos! —grité. Mi voz sonó densa en el aire húmedo. Empecé a girar a Poni para ir a buscarlo.

—Déjalo —me dijo Mittenwool—. Llegará a casa sin problemas.

—No puedo dejar que vuelva solo.

—Ese perro puede valerse por sí solo perfectamente, Silas. Si tiene hambre, irá a la casa del viejo Havelock, como siempre. Además, estarás de vuelta al anochecer, ¿verdad? Lo prometiste.

Asentí, porque en aquel momento ésa era realmente mi intención.

—Sí.

—Pues deja que vuelva a casa. Así podremos ir un poco más deprisa y no tendremos que esperar a que esa tortuga nos alcance.

Mittenwool echó a correr por la pendiente del otro lado de la colina, que estaba cubierta de hierba búfalo y de venenosos arbustos que brotaban entre largas extensiones de arenisca. Por eso estas tierras en concreto son tan inhóspitas para la agricultura, y por eso esta zona es tan desolada, puedes pasear durante horas y no encontrar un alma. Ningún granjero la tocaría. Ningún ganadero se acercaría. En los mapas deberían llamarla Llanuras Dejadas de la Mano de Dios.

Respiré hondo y espoleé ligeramente al poni para que fuera más deprisa y alcanzáramos a Mittenwool. Temía que el animal se enojara y me lanzara por los aires o echara a correr como un loco. Pero empezó a trotar suavemente. Parecía flotar a unos metros del suelo cuando llegamos a la altura de Mittenwool.

—Mírate en tu corcel alado —me dijo con admiración.

Tiré de las riendas para frenar al poni.

—¿Ves cómo se desliza? Sus pies apenas tocan el suelo.

Mittenwool sonrió.

—Es un buen caballo —admitió.

—Oh, es más que bueno —le contesté inclinándome hacia adelante y acariciando el cuello del animal—. ¿No es cierto, Poni? Eres más que bueno, ¿verdad? Eres un caballo fantástico, eso es lo que eres.

—¿Así lo llamas? ¿Poni?

—No. Aún no sé cómo llamarlo. ¿Bucéfalo? Era el caballo de Alejandro Magno…

—¡Sé quién era Bucéfalo! —me interrumpió, indignado—. Y ese nombre le quedaría muy grande. Poni es mucho mejor. Le va mejor.

—No desde donde estoy sentado. Te digo que este caballo tiene algo muy especial.

—No digo que no. Pero sigo pensando que Poni es el nombre adecuado para él.

—Se me ocurrirá otro mejor, ya lo verás. ¿Quieres montar conmigo?

—Ah, voy bien andando —dio una patada a los arbustos con el pie descalzo. Desde que lo conozco, Mittenwool nunca ha llevado zapatos. Una camisa blanca y unos pantalones negros con tirantes. De vez en cuando sombrero. Pero nunca zapatos—. Aunque tengo que admitir que este suelo me produce una sensación muy extraña.

—Debe de ser la sal —le dije mirando a mi alrededor—. Mi padre viene aquí a buscar bromo.

—Es como andar en un estanque seco.

—Recuerdo que me dijo que hace mucho tiempo, millones de años, todo esto era mar.

—Lo parece, desde luego.

—Maldita sea, Mittenwool, debería haber ido con él.

—¿Qué dices? No te habría dejado.

—No hablo de ayer por la noche. Hablo de las veces que venía a buscar sal. Las veces que iba a cazar al bosque. Debería haber ido con él.

—Cazar no es para todo el mundo.

—Si no hubiera sido tan llorón…

—Hace mucho tiempo viste un oso y te asustaste.

Negué con la cabeza.

—Por eso debería haber intentado volver a ir con él cuando me hice mayor.

Volvió a dar una patada en el suelo.

—Bueno, lo único que importa es que ahora estás aquí. ¿Y sabes una cosa? Creo que a tu padre le va a impresionar que hayas salido a buscarlo, Silas. Quizá se enoje al principio, claro. Se pondrá furioso cuando vea que no le hiciste caso…, ¡y no digas que no te lo advertí! Pero se sentirá orgulloso de que hayas tenido el valor de subirte a este extraño animal para ir a buscarlo tú solo.

Aunque no estaba de humor, sonreí.

—No es un animal extraño.

—Sabes que sí.

—Tú sí que eres un animal extraño.

—Buah.

—Y no estoy solo.

—Bueno, él creerá que sí.

—Sé sincero, ¿crees que es absurdo que hayamos venido a buscarlo?

Miró las colinas que teníamos delante, que eran escarpadas, como un espejo roto.

—Espero que lo sea —me dijo con sinceridad—. Mira, Silas, tu padre es un hombre brillante. No habría ido con esos desconocidos si no hubiera pensado que era lo mejor que podía hacer.

—Es un hombre brillante —admití en voz baja, y luego añadí—: ¿Crees que por eso se lo llevaron? Quizá tenga algo que ver con la patente.

—No lo sé. Puede ser.

—Apuesto a que el señor Oscar Rensloquesea se enteró de que en Boneville vivía un genio. Por eso envió a Rufe Jones con la propuesta. ¿No te parece?

Asintió.

—Tiene sentido.

—Bueno, todo el mundo en esta zona sabe que mi padre es un genio. No lo digo sólo yo.

—Me lo dices como si no lo supiera.

—Sé que lo sabes.

Lo sabía, por supuesto. Los dos lo sabíamos desde que yo era pequeño. Sabíamos que no había nada en el mundo que mi padre no comprendiera. No había una pregunta que no supiera contestar. Sólo tenía que leer un libro una vez para memorizar todo su contenido. Lo había visto hacerlo. Así le funciona la mente. Y ha almacenado muchos libros y muchas revistas científicas en su potente cerebro. Mi padre merecería haber sido el Isaac Newton de nuestros tiempos. El Galileo. ¡El Arquímedes! Pero cuando naces pobre y a los diez años estás solo, el mundo se te viene encima. Es lo que le pasó a mi padre, por lo que sé, por lo que me ha contado a lo largo de los años. La verdad es que no habla mucho de sí mismo. Su vida es como un rompecabezas en el que intento encajar las pequeñas piezas de lo que sé.

Pero que es un auténtico genio, todos en Boneville lo saben. Las botas con el pequeño compartimento en el tacón.

Los hierrotipos tintados. «¡Tu padre es un genio!» Sus clientes satisfechos me lo han dicho tantas veces que he perdido la cuenta. Las personas reconocen las cosas maravillosas cuando las ven. Es la pura verdad. ¡Y de mi padre ni siquiera saben la mitad! ¿Qué dirían si estuvieran al corriente de las demás maravillas que ha inventado y que tenemos en casa? La máquina de hielo. El horno de aire caliente. El foco de cristal que ilumina el aire. ¡Habría una avalancha de gente que querría tener esas cosas en su casa! Si quisiera, mi padre podría ser el más rico de la ciudad simplemente vendiendo esos inventos. Pero a él no le importan estas cosas. Hacía estas maravillas para mi madre. Por ella construyó nuestra casa y la llenó de las bonitas obras de su mente. Mi madre lo había dejado todo atrás para ir a vivir con él, y él quería que tuviera todas las comodidades posibles aquí, en el campo. Y durante un tiempo las tuvo.

—¿Y quién crees que es ese Mac Boat?

Me había quedado medio dormido encima de Poni.

—¿Qué…? Ah, no lo sé.

—Perdona, no me di cuenta de que te habías quedado dormido.

—Sólo estaba descansando los ojos. Poni sabe adónde vamos. Mira, ni siquiera sujeto las riendas —levanté las manos para que las viera.

—Acabas de llamarlo Poni.

—Hasta que se me ocurra un buen nombre para él, lo llamaré así. Oye, ¿por qué lo preguntas?

—¿Qué?

—Lo de Mac Boat. ¿Por qué te importa quién es?

—No me importa. Era pura curiosidad.

—¿Curiosidad de qué?

—De nada. No sé. No le busques los tres pies al gato.

—¡Yo no busco los tres pies a nada! Es sólo que creo que si preguntaste por Mac Boat es por algo. Y si es así, me gustaría que me lo dijeras.

Mittenwool negó con la cabeza.

—No estoy pensando en nada que no estés pensando tú —me contestó malhumorado, y luego se sacó el sombrero del bolsillo trasero, se lo puso y siguió andando delante de mí.

Mi padre me preguntó una vez, porque siempre había sentido curiosidad por Mittenwool, si proyectaba una sombra. La respuesta es que sí. Ahora mismo, cuando el sol estaba bajo en los campos brillantes, detrás de nosotros, su sombra era como una flecha larga y oscura apuntando al borde de la nada.

3

Llegamos al bosque más tarde de lo que había pensado y nos quedamos mirando la línea de árboles. Desde ahí no había entrada, ni árboles espaciados hasta la densa zona del interior. Era como una fortaleza de árboles altos y oscuros que se alzaban detrás de un seto de hierba larga y puntiaguda.

—¡Papá! —grité hacia la pared de árboles. Pensé que habría eco, pero sucedió justo lo contrario. Fue como si mi voz hubiera quedado amortiguada por una manta invisible. Como si hubiera hecho el ruido más suave del universo—. ¡Papáááááá!

Poni dio unos pasos hacia atrás, como si dejara espacio para una respuesta. Pero nadie respondió. Lo único que oí fue el graznido de los pájaros al anochecer y el potente coro de insectos procedente del interior.

—¿Ves algún rastro de mi padre? —pregunté.

Mittenwool estaba agachado delante de mí, intentando mirar a través de las zarzas.

—No.

—¿No hay huellas de pies o de herraduras? Quizá podamos ver por dónde entraron —insistí mirando a mi alrededor en busca de pistas que indicaran por dónde podían haber entrado al bosque. Desmonté del poni, lo dejé pastando dientes de león que brotaban entre las rocas y me acerqué a Mittenwool.

—La lluvia lo ha borrado todo —me dijo.

—Sigue buscando.

—Vuelve a llamarlo.

—¡Papáááááá! —grité colocándome las manos alrededor de la boca para ver si esta vez mi voz atravesaba la pared de árboles.

Esperamos respuesta, atentos. Pero no llegó.

—Bueno, no está aquí —dijo Mittenwool—. Es un alivio, ¿no? Temías encontrarlo tirado en una zanja, y obviamente no es así. Todo va bien. Espero que ahora te sientas mejor.

Me encogí de hombros y asentí al mismo tiempo y luego giré la cabeza para ver el cielo lavanda detrás de mí. Los bordes de las oscuras nubes empezaban a brillar como brasas. Mittenwool siguió mi mirada.

—Sólo nos queda una hora de luz, más o menos. Deberíamos volver ya.

—Lo sé —le contesté. Pero no me moví.

Volví a mirar el bosque intentando recordar lo que me dijo mi padre la última vez que vinimos juntos. «Es un bosque antiguo, Silas. Aquí se caza desde hace miles de años. Si sabes mirar, aún puedes encontrar las huellas que dejaron aquellos cazadores.»

Pero yo no sabía mirar. No había aprendido, porque siempre había sido demasiado gallina para volver al bosque con mi padre.

—Debería haberme ido con él —murmuré para mis adentros.

—Déjalo ya, Silas.

No le contesté. Caminé de izquierda a derecha por delante de la pared del bosque buscando un punto de entrada, una brecha por la que pudiera introducirme. Las cortezas peludas de la primera hilera de árboles eran de color gris oscuro, ahora casi negro, incluso en las zonas iluminadas por el sol. Y más allá parecía que la noche ya había caído dentro del bosque.

Empecé a dar patadas a las zarzas en dirección a los carpes americanos.

—¿Qué haces? —me preguntó Mittenwool.

No le hice caso. Seguí buscando una forma de entrar.

—Silas, vamos ya. Lo prometiste. Es hora de volver.

—Te dije que quería echar un vistazo dentro.

—¿Ya olvidaste lo que pasó la última vez?

—¡Claro que no! ¡No hace falta que me lo recuerdes!

—¡Deja de gritar!

—Pues deja de discutir conmigo.

Me enfureció que pensara que tenía que recordarme lo que ocurrió. Como si fuera capaz de olvidarlo. Entré con mi padre, de la mano. Desde hacía semanas tenía muchas ganas de cazar con él en el bosque. Pero casi desde el momento en que entramos empecé a sentirme raro. Empezó a dolerme la cabeza. Era de día, primavera, y los árboles estaban floreciendo, pero dentro de mí sentí los estremecimientos del invierno. Llegó muy deprisa, como un escalofrío recorriéndome el cuerpo.

—Papá, no me gusta estar aquí. Quizá deberíamos volver a casa.

—No va a pasarte nada, hijo. No me sueltes la mano.

Mi padre no podía saber que el terror se estaba apoderando de mí.

—¿Qué es ese ruido?

—Sólo son pájaros, Silas. Llamándose entre sí. Sólo pájaros.

Pero a mí no me parecían pájaros. Me parecían algo extraño y triste, como lamentos o chillidos, y cuanto más nos adentrábamos en el bosque, más alto se oían. Y de repente los árboles parecieron cobrar vida a mi alrededor, formas humanas e inquietas, con las ramas temblando. Me eché a llorar, cerré los ojos y me tapé los oídos.

—¡Papá, sácame de aquí! ¡Se acerca algo entre los árboles!

Ni siquiera sé lo que vi, o lo que creí ver, porque al gritar me caí al suelo. Me desmayé. Mittenwool me contó más tarde que se me habían puesto los ojos en blanco. No recuerdo a mi padre sacándome del bosque. Sólo recuerdo estar volviendo en la carreta, con mi padre inclinado sobre mí, echándome agua en la frente y acariciándome el pelo, que tenía pegado a la cara. Yo temblaba en sus brazos.

—¡Vi algo, papá! ¡Vi algo entre los árboles!

—Tienes fiebre, Silas —me dijo.

—¿Qué había entre los árboles, papá?

Más tarde, cuando me sentí mejor y empezamos a hablar de lo sucedido, me dijo que lo que había visto podría ser un oso. Incluso sugirió que probablemente mis ojos de águila nos salvaron la vida, aunque sabía que sólo lo decía para que me sintiera mejor. ¿Había visto un oso? Quizá sí.

—Tiene que haber un sendero en alguna parte —dije, frustrado por estar ahí, frente al bosque, y no encontrar la manera de entrar—. ¿No recuerdas cómo entramos la última vez?

Mittenwool se cruzó de brazos y negó con la cabeza.

—No puedo creer que no cumplas tu promesa, Silas.

—¡Te dije que quería echar un vistazo! No voy a ir muy lejos, obviamente. No soy tan tonto. Vamos, seguro que sabes cómo entrar.

Miró hacia arriba.

—De verdad que no lo sé. Todos estos árboles me parecen iguales.

No le creí.

—¡Maldita sea!

—¿Qué te parece si ahora regresamos a casa y volvemos mañana por la mañana?

—¡No! ¡No hace ni doce horas que mi padre pasó por aquí! ¡Tiene que haber algún rastro que nos indique hacia dónde se dirigió! Vamos, Mittenwool, ayúdame, por favor. Sólo quiero entrar y echar un vistazo, nada más.

—Pero ¿echar un vistazo para qué? ¿Qué crees que vas a encontrar exactamente?

—¡No lo sé! —grité.

—No estás pensando correctamente, Silas.

Lo dijo con tanta calma que me puse furioso.

—Bien, no me ayudes —murmuré desenvainando mi navaja—. Con esos brazos tan largos tampoco podrías ayudarme mucho.

Empecé a cortar un matorral que tenía delante clavando la navaja a izquierda y derecha, pero transcurrido algo así como un minuto, tras haberme cortado las palmas de las manos con las ramas espinosas, me di cuenta de que mi trabajo era infructuoso. Era como intentar cortar cuerdas de hierro.

—¡Maldita sea, maldita sea, maldita sea! —grité. Tiré la navaja y me senté con las piernas cruzadas, los codos en las rodillas y la cara entre las manos ensangrentadas.

—Silas —se había acercado por detrás de mí.

—¡Calla! ¡Lo sé! ¡No estoy pensando correctamente!

—Mira a Poni. Gírate.

Sus palabras tardaron un segundo en llegar a mí porque estaba demasiado absorto en mi tristeza para prestarles atención. Pero en cuanto me di cuenta de lo que estaba diciendo, miré a Poni. No estaba donde lo había dejado. Se había desplazado unos cincuenta metros de nosotros, y ahora estaba en medio de unos arbustos con la cabeza levantada, las orejas alerta y moviendo la cola negra. Miraba hacia el bosque.

4

Me dirigí a él despacio, con cuidado para no asustarlo. No quería desviar su atención de lo que estaba mirando, fuera lo que fuera. Ni se inmutó cuando me acerqué.

Seguí su mirada y vi, entre los dos carpes americanos más cochambrosos que se hayan visto jamás, una estrecha abertura entre la vegetación. Era una grieta en la pared del tamaño de un hombre.

—¡Vaya, mira esto! —grité a Mittenwool—. ¿Lo ves? ¡Poni me ha conducido al sendero, como pensaba!

Suspiró.

—Bueno, ¿qué vamos a saber mis largos brazos y yo?

—Ay, vamos, no quería decir eso.

Inclinó los hombros, se metió las manos en los bolsillos y se enfurruñó.

—¡Muy bien, enójate! —exclamé—. El hecho es que yo tenía razón. Me trajo aquí, como dije. ¿Verdad, Poni?

Estaba delante de él, con la cara casi a la misma altura que la suya, y de repente acercó suavemente el hocico a mi cuello. Al no estar familiarizado con los caballos ni con sus costumbres, no esperaba ese gesto de cariño. Si Mula hubiera acercado su nariz a mi cara, habría sido para morderme, porque era una vieja cascarrabias. Pero Poni no se parecía en nada a Mula.

Le sostuve la mirada unos segundos, pasmado, y luego subí con cuidado a la silla. Todavía no tenía experiencia en esta maniobra, pero él se mantuvo firme mientras montaba.

—¿De verdad vas a hacerlo, Silas? —me preguntó Mittenwool, incrédulo.

Como estaba a mi espalda, me giré para contestarle. El sol estaba poniéndose detrás de él. Parecía que los rayos salían de su cuerpo.

—Ya te lo dije —le contesté—. Siento que debo hacerlo, lo siento en los huesos. No puedo explicarlo mejor.

Encogió los hombros, derrotado.

—Sabes que tienes la mitad de la cara cubierta de sangre, ¿verdad? —me señaló.

Miré mis manos ensangrentadas. Imaginé cómo tenía la cara, pero no intenté limpiármela.

—¿Vienes conmigo o no?

Respiró hondo.

—Te dije que sí.

Sonreí, agradecido, a lo que respondió volviendo a encogerse de hombros, con expresión triste. Luego espoleé a Poni para que se pusiera en marcha. No es que fuera necesario. Sabía avanzar. Y adónde ir. Se abrió paso con cuidado, despacio, a través de la vegetación y después metió el hocico en la grieta de la pared de carpes americanos. Era muy estrecha, del tamaño justo para que pasara un niño montado en un. caballo pequeño. Imaginé a mi padre, que es tan alto, en aquel caballo enorme, inclinándose hacia adelante para atravesarla.

Entramos en el bosque. Estaba oscuro.

El sendero, si es que podía llamarse así, era un surco poco profundo que serpenteaba entre los árboles. Las ramas se entrecruzaban por encima de mí como largos dedos huesudos entrelazados para rezar. Me recordaban el techo abovedado de la única iglesia en la que había estado, en Boneville, a la que mi padre me había llevado una vez porque yo había mostrado cierta curiosidad por el «hombre de las penas». Con una visita me bastó, cosa que a mi padre le pareció estupendo, ya que no era creyente. Yo no era un descreído.

Cuanto más entraba, más se me aceleraba el corazón. Sentía las mejillas rojas. El aire era denso y olía a almizcle y a tierra húmeda. Me sentía inseguro.

—¿Cómo vas, Silas? —gritó Mittenwool desde detrás. Sabía que se daba cuenta de que estaba poniéndome nervioso, como yo me daba cuenta de que ya no estaba enojado conmigo.

—Estoy bien —contesté intentando controlar la respiración.

—Estás haciéndolo de maravilla.

—Lo único es que de repente tengo mucho frío.

—¿Llevas el abrigo abrochado?

—¡Te dije que estoy bien!

Me resultaba molesto que a veces se preocupara tanto por mí.

—Okey. Cálmate —me contestó, tranquilo. Era una frase de mi padre.

Me abroché el abrigo.

—Perdona lo de antes. Lo de los brazos largos.

—No te preocupes. Concéntrate en lo que estás haciendo.

Asentí, porque temblaba demasiado para hablar. Aunque sentía frío hasta los huesos, estaba sudando. Me castañeteaban los dientes. Se me había acelerado el corazón.

—Cálmate —me dije a mí mismo llevándome las manos a la boca para calentármelas.

—Que te vaya bien —empezó a cantar Mittenwool en voz baja—. Debo marcharme y dejarte por un tiempo…

Era una canción que me cantaba cuando yo era pequeño y no podía dormirme.

—Basta —susurré, avergonzado. Pero enseguida añadí—: No, sigue.

—Pero, vaya a donde vaya, volveré, aunque esté a veinte mil kilómetros.

Tarareó el siguiente verso en voz tan baja que se mezclaba con el sonido de las pisadas de Poni y el ruido del bosque. Era como un sonido lejano que me tranquilizaba, debo admitirlo. La verdad es que era un gran consuelo tener a Mittenwool conmigo. Decidí tener más paciencia con él.

A un tiro de piedra de donde habíamos entrado, el sendero se abría alrededor de una losa de roca lisa, que se elevaba del suelo. Empujé a Poni para que subiera, y cuando estuvo en el punto más alto al que pudo llegar, me levanté apoyando los pies en los estribos para mirar a mi alrededor.

—¿Ves algo? —me preguntó Mittenwool.

Negué con la cabeza. Ahora tenía la piel de gallina. Me temblaban las manos.

Mittenwool subió y se colocó a mi lado.

—¿Por qué no lo llamas por última vez y luego nos vamos a casa?

—¡Papáááááá! —grité al aire húmedo.

Mi grito provocó el estrépito de una multitud de invisibles criaturas del bosque, que me respondieron graznando y chillando. Sentía, aunque no veía, pequeños movimientos en las ramas de alrededor, como si el viento las golpeara. Cuando se calmó, esperé a que me llegara un sonido más familiar. «Silas, estoy aquí, hijo. Ven.» Pero no me llegó nada.

Grité varias veces más, y todas ellas recibí la misma mezcla de ruido y silencio.

A estas alturas la luz era mínima. El aire era azul y los árboles negros. Quizás en verano, cuando las ramas estaban llenas de hojas, podía decirse que el bosque era verde. Pero ahora mismo, por lo que veían mis ojos, no había más colores en el mundo que el azul y el negro.

—Vamos. Has hecho todo lo que podías —dijo Mittenwool—. Deberíamos volver antes de que esté demasiado oscuro para encontrar el camino.

—Lo sé —contesté en voz baja.

Tenía razón. Sabía que la tenía. Pero aun así me sentía incapaz de moverme, darle la vuelta a Poni y volver.

No había dejado de temblar y sentía los latidos del corazón en los oídos, pero ahora aquellas palpitaciones eran más fuertes. Era como un redoble de tambor. Bum. Bum. Que procedía de dentro de mí. Un latido acelerado. Mezclado con el zumbido del bosque que había escuchado todo el tiempo. El murmullo de invisibles criaturas del bosque, el traqueteo de ramas, el batir de la cola de Poni, el zumbido de los insectos y el sonido amortiguado de los cascos en el terreno incierto. Sentía como si todos los ruidos se precipitaran dentro de mí a la vez y recorrieran mis oídos como un río. Y de repente me vino a la mente el recuerdo de lo que había oído la última vez, hace muchos años, cuando estaba con mi padre y me asusté tanto. Porque ahora estaba volviéndolo a oír.

Un rumor. Susurros y gemidos a mi alrededor, por todas partes. Es lo que había oído entonces. El rugido silencioso de voces.

Pero esta vez controlé mis nervios ante lo que creí que eran delirios de mi mente. Mi «gran imaginación» en acción, como había dicho mi padre una vez. «No son voces —me dije—, sólo son los sonidos del bosque.»

Pero por más que intenté escuchar esos sonidos del bosque, sólo oía expresiones extrañas, rumores y murmullos de palabras que se elevaban en el aire y caían. Acercándose a mí. Como arrastrados por la niebla. El aire estaba tan lleno de palabras que sentí que iba a ahogarme. Como si penetraran en mi garganta y en mis fosas nasales. Me inundaran los oídos. Me licuaran los huesos.

—¡Silas, tenemos que irnos ya! —me gritó Mittenwool.

—¡Sí! —grité, e intenté girar a Poni. Pero sentía sus músculos tensándose bajo mis piernas, ofreciéndome resistencia. Empezó a retorcer las orejas como un loco. Sacudió la cabeza y con cuidado dio varios pasos hacia atrás por la roca. Entonces tiré con fuerza de las riendas, porque estaba muy asustado y quería dar media vuelta y salir del bosque lo antes posible. Pero mi movimiento lo sobresaltó o quizás escuchara lo que yo estaba escuchando. Fuera lo que fuera, algo hizo que Poni se encabritara de repente. Y entonces salió disparado de la roca con la cola levantada y el cuello hacia atrás y echó a correr a todo galope. Se abrió paso entre los árboles, de izquierda a derecha, y yo me aferraba a su melena para salvar mi vida, inclinado sobre su cuello para evitar que la maraña de ramas me cortara la cabeza. En cualquier caso, me golpeaban y me arañaban la cara.

No sé durante cuánto tiempo Poni corrió como un loco. Si fueron diez minutos o una hora. Si fueron unos metros o quince mil kilómetros. Pero cuando por fin redujo la velocidad, con el cabello empapado en sudor, seguí pegado a él. No levanté la cara de su cuello. Mis dedos se quedaron entrelazados en su melena. Él jadeaba irregularmente y yo también, y sentía su corazón latiendo debajo de mi pierna derecha. Quién sabe cuánto tiempo pasó hasta que se detuvo del todo, pero incluso entonces tardé en abrir los ojos.

No tenía ni idea de dónde estábamos. A estas alturas apenas diferenciaba lo que estaba arriba de lo que estaba abajo. Desde donde miraba, el mundo entero estaba inclinado hacia los lados. Habíamos llegado a una especie de claro. Es lo poco que pude distinguir. Estaba rodeado de árboles lisos que parecían postes de mayo. Ahora había oscurecido. Todavía no estaba todo negro, pero sí oscuro. Pero al menos estaba tranquilo. Me di cuenta enseguida. No se oían voces amortiguadas. Ni palabras suspendidas en el aire que me ahogaran.

—¿Mittenwool? —lo llamé en voz baja, porque no lo sentía cerca de mí. Me incorporé para mirar a mi alrededor, pero no vi ni rastro de él.

Ya dije que Mittenwool ha sido mi compañero desde que tengo uso de razón, pero eso no significa que esté a mi lado en todo momento. Siempre va y viene, caprichosamente, cuando le apetece. Pasan horas sin que lo vea. A veces pasa un día entero sin que lo vea. Pero al caer la noche siempre vuelve. Siempre acaba cerca de mí o sentado en la silla de mi habitación, silbando, contándome algo gracioso o haciéndome compañía hasta que me duermo. Así ha sido siempre. Por eso estaba acostumbrado a sus ausencias. Pero ahora, en medio de ese bosque diabólico, la idea de que no estuviera cerca me provocó un pánico indescriptible. Por primera vez en mi vida se me ocurrió que podría perderlo. O quizás él podría perderme a mí. No conocía las reglas de nuestra existencia juntos.

—¡Mittenwool! —grité—. ¿Dónde estás? ¿Me oyes? ¡Ven, por favor!

Oí el chasquido de una rama y me giré. Allí, al pie del claro, un viejo con cuerpo de barril y barba blanca como la nieve me apuntaba con una pistola plateada.

—¿Qué diablos? —dijo, sorprendido, al verme.

—¡No dispare, por favor! —le grité levantando las manos—. Sólo soy un niño.

—Ya lo veo. ¿Qué estás haciendo aquí?

—Me perdí.

—¿De dónde vienes?

—Boneville.

—¿Quién es Mittenwool?

—Estoy buscando a mi padre.

—¿Mittenwool es tu padre?

—¡Me perdí! Ayúdeme, por favor.

El viejo parecía confundido. Suspiró. En ese sonido oí una especie de enfado, como si lamentara haberme encontrado. Enfundó la pistola.

—No deberías estar aquí solo, chico —me dijo en tono brusco—. Un niño tan pequeño… En este bosque hay panteras que te arrancarían la barriga y te lamerían los huesos antes de lo que imaginas. Será mejor que bajes del caballo y me sigas. Tengo un campamento a unos cien metros de aquí. Date prisa. Estaba a punto de hacer fuego.

Así conocí a Enoch Farmer.

5

Cuando los acontecimientos están más allá de la razón, uno tiende a no hacer demasiadas preguntas. Me bajé de Poni, lo jalé de las riendas y seguí al viejo a través de una maraña de árboles, después de haber dejado atrás el claro.

—Levanta los palos grandes que encuentres en el camino —me dijo sin mirar atrás—. Pero evita el álamo. Hace un humo negro espantoso. También necesitamos yesca, así que intenta recoger algunas maderas blandas. Cuidado no te pinches. Son afiladas como agujas.

Continuó andando y lo seguí a unos cinco pasos por detrás de él hasta que llegamos a un arroyo tan estrecho que lo podía saltar. Al otro lado había un pequeño claro con un grupo de arces salpicados de flores rojas. Bordeaban un espacio abierto en el que se amontonaban troncos quemados y cenizas de fogatas. Dejé los palos y las ramas que había recogido y llevé a Poni hasta un arce caído, a unos cuatro metros de distancia, donde el caballo del viejo, una lúgubre yegua café de ojos muy juntos, estaba atado a una rama. En cuanto nos acercamos, la yegua nos mostró los dientes, como un perro malvado, pero Poni no le prestó la menor atención. Se limitó a lamerse la cola sin dignarse a responder mientras lo ataba a unos metros de distancia.

Cuando volví al pequeño claro, el viejo estaba junto al montículo de madera, hurgando en la pila.

—¿Tienes cerillos? —me preguntó sin levantar la vista.

—Sí, señor —saqué la caja de cerillos de mi bolsa.

—¿Has hecho fuego alguna vez?

—En una chimenea sí. Pero a la intemperie, como aquí, no.

—Si no sabes encender una fogata, estás muerto, chico —se sentó con gesto cansado, frotándose la espalda con los nudillos—. Te enseñaré. ¿Cómo te llamas?

—Silas Bird.

—Yo Enoch Farmer. ¿Trajiste algo de comida, Silas Bird?

—Sólo un poco de carne salada y pan.

—Estaba persiguiendo a un conejo cuando te interpusiste en mi camino —me dijo bruscamente quitándose las botas—. Pero estoy demasiado cansado para volver a salir a cazar.

—Puedo compartir mi comida con usted.

Sonrió amablemente.

—Bueno, gracias, Silas Bird. Qué nombre tan gracioso —su barba era como una pequeña escoba blanca que le colgaba de la cara—. Así que, Silas Bird, ¿por qué no prendes fuego mientras descanso mi dolorida espalda y preparamos un guiso con esa carne salada? Luego podrás contarme qué diablos estás haciendo aquí, en medio de la nada. ¿Te parece bien?

—Sí, señor.

—Por cierto, límpiate la cara. Te manchaste con algo.

—Sí, señor —le contesté escupiéndome en la palma de la mano para limpiarme la sangre de la cara, que ya se había secado.

—¿Es sangre? ¿Te hiciste daño?

—No, señor.

Me miró con curiosidad frotándose las manos y después me enseñó a hacer una fogata: a cómo apilar la leña y dónde encender la yesca. Más que hablar, gruñía. No tardé en darme cuenta de que era de esos hombres que eructan, se tiran pedos y maldicen sin reservas. Muy diferente de mi padre.

Encendí el fuego y después me pidió un trozo de corteza de carpe americano y me dijo que la enrollara para formar una especie de cuenco, que utilicé para hervir agua. Metimos en ella la carne salada y preparamos un buen guiso, en el que mojé el pan. No me había dado cuenta de lo hambriento que estaba.

Encendió su pipa y me miró con curiosidad mientras comía. El cuenco todavía estaba por la mitad cuando se lo ofrecí, pero lo rechazó con un gesto.

—La verdad es que no tengo tanta hambre —dijo en tono brusco—. Termínatelo.

—Gracias.

—Bueno, creo que ha llegado el momento de que me cuentes tu historia, Silas Bird —dijo cuando terminé de comer—. ¿Cómo demonios acabaste en medio de este bosque?

El fuego me calentaba. La comida me había tranquilizado. Hasta ese momento había estado tan absorto en lo que tenía entre manos que no había tenido la oportunidad de pensar demasiado en mi situación, así que, cuando me miró con una expresión parecida a la camaradería, sentí que mis emociones se desataban. Me sequé los ojos fingiendo que los tenía llorosos por las chispas y el humo de la fogata, pero eran los acontecimientos de aquel día los responsables de esas lágrimas. Le conté lo que había sucedido hasta ese momento. Que tres jinetes se habían llevado a mi padre por la noche. Que Poni había vuelto a casa a buscarme, lo que interpreté como una señal de que tenía que ir a buscar a mi padre. Que terminé en el bosque. Y que me perdí. Fin.

El señor Farmer asintió, asimilándolo todo, como si aspirara mi historia junto con la pipa. De sus fosas nasales salían ráfagas de humo onduladas como caireles. Sus dedos, enroscados alrededor de la pipa, eran gruesos y nudosos como chirivías.

—Así que ¿esos jinetes aparecieron de la nada, por las buenas? —me preguntó por fin—. ¿Tu padre nunca los había visto? ¿No había tenido problemas antes con ellos?

—No, señor.

—¿A qué se dedica tu padre?

—Su oficio es fabricante de botas, pero ahora es colodiotipista.

—¿Colodioqué?

—Un tipo de fotógrafo.

—¿Como el daguerreano?

—Sí.

—¿Cómo se llama?

—Martin Bird.

El señor Farmer se retorció la barba, como si estuviera digiriendo el nombre.

—¿Y quién es ese Mittenwool al que llamabas?

Hasta entonces no lo había mencionado en ninguna de mis explicaciones. Supongo que esperaba que el señor Farmer hubiera olvidado que había gritado su nombre antes. Bajé la mirada y no le respondí.

—Mira, hijo —empezó a decir—, vas a tener un montón de problemas aquí solo. Es una suerte que acabaras en el bosque en lugar de en el pantano. Ese pantano te podría haber devorado vivo. Si no te hubiera encontrado, no sé qué te habría pasado, sinceramente. Así que escúchame, puedo sacarte del bosque mañana por la mañana, aunque tenga que desviarme de mi camino; no me importa. Pero debes decirme la verdad, Silas Bird. ¿Has venido solo o hay alguien más por aquí de quien debería saber?

—No, no hay nadie más.

Me observó entrecerrando los ojos y arrugando la cara.

—Tengo un nieto de tu edad, ¿sabes? —me dijo—. ¿Qué edad tienes? ¿Nueve, diez?

—Doce.

—¿En serio? —me preguntó, divertido—. Eres muy bajito para tu edad, ¿no? Mira, Silas Bird —se metió la mano en el bolsillo del abrigo y sacó una placa de hojalata. La levantó para que la viera por encima del fuego—. ¿Sabes qué es esto?

—Una insignia.

—Correcto. Soy inspector de la policía federal de Estados Unidos —me contestó—. Estoy persiguiendo a unos forajidos. Se dirigen hacia el este. Nos ha llegado la información de que están escondidos en una cueva al otro lado del gran desfiladero. Los he estado siguiendo desde Akron. Están a unos tres días de aquí. Quizá tú y yo estemos buscando a los mismos hombres.

—¿Está buscando a Rufe Jones? —le pregunté, entusiasmado.

—No me suena ese nombre, no.

—¿Seb y Eben Morton? Son hermanos.

—No. ¿Fueron los que se llevaron a tu padre?

Asentí.

—Los envió alguien que se llama… Oscar no sé qué. No lo recuerdo —pero mientras hablaba, el otro nombre apareció en mi cabeza—. ¿Y qué me dice de Mac Boat? ¿Lo conoce? —solté sin pensar.

El señor Farmer reaccionó por fin.

—¿Mac Boat? —exclamó arqueando las cejas—. ¿Mac Boat era uno de los hombres que se llevaron a tu padre?

Su respuesta hizo que me arrepintiera inmediatamente de haber dicho el nombre. No sé por qué lo hice. Debería haber mantenido la boca cerrada.

—No —contesté—, sólo mencionaron su nombre. No sé exactamente por qué.

—Pues Mac Boat es uno de los fugitivos más buscados de esta zona —gruñó, casi con admiración—. Hacía años que no oía su nombre. Pero si está relacionado con lo que le ha sucedido a tu padre, entonces nuestros caminos han convergido, chico. Porque los hombres a los que estoy persiguiendo forman parte de la banda de falsificadores más grande del Medio Oeste. Y Mac Boat, bueno, es uno de los mejores falsificadores que ha habido jamás.

TRES

Soy un pobre forastero que viaja
por este mundo de aflicciones.

Anónimo
«Wayfaring Stranger»

1

La memoria es extraña. Algunas cosas te llegan nítidas y brillantes, como fuegos artificiales estallando en una larga noche oscura. Otras, en cambio, son tan tenues y borrosas como brasas moribundas. Siempre me he esforzado por poner orden en mi memoria, pero es como intentar meter un rayo en una caja.

Aun así, he vencido a un rayo, que conste.

No recuerdo exactamente cuándo apareció Mittenwool aquella noche, que fue la primera de las varias que pasé en el bosque. Lo único que recuerdo es despertarme mientras el fuego crepitaba y ver por encima de mí el dosel de árboles, a través del cual sólo se distinguían pequeños fragmentos del cielo nocturno con forma de vidrio roto. Las estrellas salpicaban el cielo negro como pequeñas velas parpadeando en algún lugar lejano.

«¿De dónde deben sacar la luz las estrellas? —me pregunté. Y a continuación—: ¿Qué es lo que habrá más allá de esas estrellas?»

Estaba medio dormido.

—Silas —dijo Mittenwool.

—¡Mittenwool! —susurré muy contento, y me senté—.
¡Has vuelto!

El señor Farmer estaba durmiendo junto al fuego frente
a mí. Lo oía roncar fuerte. Pero no quería despertarlo, así que
mantuve mi tono por debajo del susurro.

—Pensaba que te había perdido —añadí.

—Tardé un poco en alcanzarte —me contestó sonriendo
tranquilizadoramente. Me dio unas palmaditas en la cabeza
mientras se sentaba a mi lado. Sólo cuando extendí la mano
para apretar la suya fue consciente de la magnitud de mi
alivio—. Por Dios, ¿de verdad pensaste que no te encontraría?

Negué con la cabeza, algo abrumado por mis emociones.

—Qué tonto —me dijo en tono amable—. Mira. El fuego está apagándose. Deberías avivarlo un poco. Echa más
madera.

No me había dado cuenta del frío que tenía hasta ese momento, y eso que me había tapado con la manta de la silla de
montar de Poni. Helado como estaba, me levanté y eché más
ramas al fuego. Las llamas se dispararon e hicieron mucho
ruido. Me senté al lado de Mittenwool y me calenté las manos
bajo las axilas.

—¿Dónde estabas? —le pregunté.

—Oh, ya sabes, aquí y allá.

No acostumbraba hacerle este tipo de preguntas. Hacía
mucho tiempo que había aprendido que era impreciso sobre
determinados aspectos de su ser. No porque no quisiera responder a estas preguntas, creo, sino porque sencillamente no
se conocía del todo a sí mismo. Su origen era un misterio incluso para él.

—¿Quién es esa persona que está durmiendo? —me preguntó.

—Un viejo que se llama Enoch Farmer. Me encontró. Resulta que es inspector de policía de Estados Unidos y que está persiguiendo a unos forajidos. Creo que pueden ser los mismos hombres que se llevaron a mi padre.

Mittenwool parecía dudar.

—Vaya, qué casualidad.

—No es casualidad. Fue cosa de Poni. Me trajo hasta él. Te dije que era una señal que vinera a buscarme. Va a llevarme hasta mi padre.

Sonrió lánguidamente.

—Eso espero.

—Lo sé.

—Oye, Silas, tengo que confesarte que aún estoy un poco molesto contigo.

—¿Por lo de los brazos?

—No. Porque no cumpliste tu palabra sobre lo de entrar en el bosque. Me lo prometiste.

—Lo sé. Lo siento.

—Este bosque no es una broma, Silas. No tienes nada que hacer aquí solo.

—¡Lo sé! Por eso es una suerte que el inspector me haya encontrado. Me enseñó a encender una fogata y a hacer un cuenco con corteza de árbol. Y también está enseñándome a rastrear.

Se acarició la barbilla, pensativo.

—¿Y confías en él?

—Parece buena persona. Me dijo que tiene un nieto de mi edad.

Hizo una mueca, no del todo convencido.

—En fin, ahora deberías dormir un poco —me dijo.

Volví a acostarme y me tapé hasta las orejas con la manta de la silla de montar. Mittenwool se acostó a mi lado, se apoyó en los codos y miró al cielo. Me giré y durante un rato observé su perfil, un paisaje más familiar para mí que cualquier otro lugar en el mundo. De vez en cuando, la pura maravilla de Mittenwool se apoderaba de mí. Resultaba tan extraño que estuviéramos juntos…

No me decidía a preguntar, porque no quería alterar la tranquilidad de aquel momento, pero al final pregunté.

—Tú también los oíste, ¿verdad? Justo antes de que Poni echara a correr. No fueron imaginaciones mías.

Apretó la mandíbula.

—No, yo también los oí.

—No era un oso, ¿verdad? Como ocurrió aquella vez con papá.

—No. No era un oso.

—¿Quiénes son? ¿Qué son?

—No lo sé exactamente.

—¿Son como tú?

Lo pensó un segundo.

—No lo sé, de verdad —hablaba mirando el cielo, la misma noche estrellada que contemplaba yo—. Hay muchas cosas que no sé, Silas.

Asentí con la cabeza, porque se me ocurrió que, si la vida está tan llena de misterios, seguro que la muerte también debe de estarlo.

—Es como este bosque ahora mismo, creo —siguió diciendo, pensativo—. Oímos todos los ruidos y gritos a nuestro alrededor. Ramas cayendo. Criaturas muriendo y naciendo en la oscuridad. Pero no los vemos. Simplemente sabemos que están ahí, ¿verdad? Somos conscientes de ellos. Es lo que pasa contigo, creo. Eres especial, Silas. Eres consciente de cosas que otras personas no ven. Y eso es un regalo.

—No lo quiero. No es un regalo, es una maldición.

—Puede ayudarte a encontrar a tu padre.

Lo pensé.

—Posiblemente sea verdad. Y me permite verte. No es cualquier cosa, supongo.

Sonrió y me dio un codazo.

—No te pongas sentimental conmigo, idiota.

Me reí.

—¡Idiota tú!

—¡Shhh!

Sin darme cuenta, estaba hablando demasiado alto. Los dos miramos al señor Farmer para ver si lo había despertado, pero el viejo solamente se movió un poco y luego se colocó de lado.

—Deberíamos dejar de hablar o lo despertarás —dijo Mittenwool—. Duerme un rato. Tengo la sensación de que vas a necesitar estar bien despierto los próximos días. Tienes que descansar.

—Pero te quedarás aquí, ¿verdad?

—Por supuesto. Ahora cierra los ojos.

Cerré los ojos.

—¿Mittenwool?

—¿Mmm?

—¿Qué te parece el nombre Gringolet? —susurré sin abrir los ojos.

—¿Era el caballo de sir Gawain? Me parece un poco exagerado para Poni —me contestó.

—¿Y Perceval?

—Perceval. Mmm. Tampoco me parece adecuado para él.

—No, supongo que no.

—Duérmete ya.

Asentí. Y después me quedé dormido.

2

Aunque estaba amaneciendo, me dormí. Cuando me desperté, el día era luminoso y cegador. La luz no venía tanto de arriba como de la niebla que rodeaba los árboles. Brillaba en las ramas mojadas por el rocío. Y caía como lluvia.

—¡Vaya, ya era hora, dormilón! —se quejó el señor Farmer. Llevaba las botas puestas y estaba ocupándose de su yegua. Parecía listo para marcharse.

—Buenos días, señor Farmer —murmuré.

—Inspector Farmer —me corrigió—. Intenté despertarte, pero estabas dormido como un tronco. Vamos, levántate y ponte en marcha.

Me levanté y me froté los ojos para quitarme el sueño. Sentía como si tuviera polvo de los árboles incrustado en la cara, y me dolían la rabadilla y las piernas por haber montado a caballo tanto tiempo. Tenía los huesos cansados hasta la médula, como dicen.

—¿Hay algo para desayunar? —pregunté, y el viejo puso mala cara.

El fuego se había apagado, sólo quedaban cenizas blancas, y tenía frío. Al respirar, de la boca me salió una nubecilla de vaho. Mientras me ponía el sombrero, vi a Mittenwool con el rabillo del ojo, apoyado en un árbol en el extremo del claro. Le hice un gesto rápidamente. No quería que el inspector me sorprendiera haciendo cosas raras.

—Hablas en sueños —me dijo el inspector Farmer mirándome con recelo.

—Lo sé. Me lo dijo mi padre.

—Decías ese nombre mientras dormías. Mittenwool.

Me encogí de hombros y fruncí los labios, como diciendo «Hum».

—¿Quién es Mittenwool? —insistió el inspector Farmer—. Es a quien llamabas cuando te encontré. ¿Es un amigo?

Fui a hacer pis entre los árboles, donde no me viera. No le contesté.

—¿Es un amigo tuyo? —me preguntó de nuevo cuando volví. Estaba decidido a enterarse.

—Dile que soy un amigo de tu pueblo —me gritó Mittenwool.

—Es un amigo de mi pueblo, sí, señor —dije recogiendo la manta de la silla para ir a ponérsela a Poni.

—¿Y vino contigo al bosque? —preguntó el inspector Farmer mirándome con curiosidad.

Era la primera vez que veía el rostro del viejo con claridad, a la luz moteada de la mañana. Resultó ser mucho mayor de lo que había creído. La noche anterior, el sombrero le había cubierto el desaliñado pelo blanco, pero ahora, sin él, veía que estaba prácticamente calvo y que largos mechones le brotaban aquí y allá como malas hierbas. Tenía la cara ancha, curtida como un cuero crudo, y arrugas alrededor de los ojos, que le hacían parecer amigable. La nariz roja. Y una mata de barba blanca colgándole de la barbilla.

—Mittenwool me acompañó hasta el bosque, sí —le contesté en voz baja colocando la manta en el lomo de Poni—, pero no entró conmigo.

—¿Y está esperándote donde te dejó?

—No. No creo que esté esperándome, no.

—Cuando te lleve al límite del bosque, ¿sabrás volver a tu casa solo? —me preguntó en tono impaciente—. Porque no tengo tiempo para llevarte hasta donde vives.

—No, no es necesario —contesté enseguida—. Bueno, no quiero volver a casa, inspector Farmer. Me gustaría ir con usted, si le parece bien.

Se rio y movió la cabeza mientras apretaba los estribos de su caballo.

—No me parece bien, por supuesto.

—Por favor —le imploré—. Tengo que encontrar a mi padre. Estoy seguro de que los hombres que se lo llevaron están relacionados con las personas a las que usted busca. Si las encuentra, encontrará a mi padre.

Estaba dándole una manzana a su caballo.

—Quizás estén relacionadas o quizá no, pero en cualquier caso no vas a venir conmigo.

Me molestó ver que le daba una manzana a su caballo sin compartirla conmigo, cuando la noche anterior yo le había ofrecido compartir mi comida con él, pero luego recordé que por mi culpa había perdido un conejo. De todas formas, mi estómago deseaba esa manzana.

—Por favor, señor —dije—. Déjeme ir con usted. No hay nadie esperándome en casa.

—Tu padre te dijo que lo esperaras —me contestó bruscamente, sin levantar la mirada—. Deberías haberle hecho caso.

—Pero ¿y si está en apuros?

Se inclinó sobre el lomo de su caballo, apoyó los codos en la silla y me miró.

—Chico, obviamente tu padre está en serios apuros, pero eso no significa que tú puedas ayudarlo. Eres muy poquita cosa. Ni siquiera tienes un arma.

—Pero usted sí.

Se rio entre dientes. Sentí cierta calidez en él, y creo que me miraba como si fuera su nieto.

—Mira, hijo —dijo, pensativo—. Vuelve a tu casa. Espera a tu padre allí, donde estarás sano y salvo. Te prometo que intentaré encontrarlo, ¿de acuerdo? Se llama Martin Bird, ¿verdad? ¿Cómo es?

—Es muy alto. Y delgado. Y tiene el pelo negro con algunas canas en las sienes. Tiene unos ojos azules penetrantes y unos dientes muy bonitos. Es un hombre guapo. No soy el único que lo dice. He visto cómo las mujeres bajan la mirada cuando les habla. Tiene un hoyuelo en la barbilla, como yo, pero no se ve cuando le crece la barba.

—Muy bien, he tomado nota de su aspecto —dijo el inspector Farmer dándose unas palmaditas en la frente—, y me aseguraré de que todos los agentes también estén informados de cómo es para que no resulte herido en ningún fuego cruzado.

—¿Qué quiere decir con fuego cruzado?

El inspector Farmer frunció el ceño.

—No creerás que voy a ocuparme de una gran banda de falsificadores yo solo, ¿verdad? —dijo—. En cuanto los haya localizado y haya encontrado su guarida, reuniré una patrulla en Rosasharon. Es la ciudad que está al otro lado del desfiladero. Los bancos ofrecen una recompensa para quien atrape a esos falsificadores, así que tendré muchos voluntarios. Ahora, vamos, monta ya, o me retrasaré tanto que no podré perseguir a nadie.

Montó en su caballo, lo espoleó y dio media vuelta.

Terminé de sujetar la silla de Poni y apreté la correa. Poni me miró y por un segundo pensé que quería que le diera una manzana. Pero luego algo en su expresión me hizo pensar que sólo estaba respondiendo a mi estado de ánimo. Me miraba, y sus ojos tenían algo de humano. Como si entendiera todo lo que estaba pasando.

—El inspector tiene razón —dijo Mittenwool.

Lo miré, porque no podía contestarle en voz alta.

—¡No pierdas el tiempo! —me gritó el inspector Farmer.

—¡No lo pierdo! —contesté, malhumorado.

—Volver a casa es lo más inteligente, Silas —siguió diciéndome Mittenwool.

Metí el pie en el estribo y pasé la pierna por encima del lomo de Poni sin mirarlo. Bastante tenía con que el inspector me hubiera dicho que no podía ir con él. No necesitaba que además Mittenwool me hostigara. Empecé a sentir que se apoderaba de mí una rabia ardiente tanto contra él como contra el inspector.

—El extremo del bosque está a una hora de aquí —me dijo el inspector Farmer señalando hacia su derecha—. Te llevaré hasta el bosquecillo de abedules. El límite del bosque desde ahí está cerca.

—Muy bien —murmuré.

—Vamos, chico, deja de poner esa cara. Ya te dije por qué no puedes venir conmigo —dijo el inspector intentando que lo mirara. Pero no iba a darle esa satisfacción.

—Es lo correcto —insistió Mittenwool.

—Vámonos ya —dije, y espoleé a Poni para que siguiera al inspector Farmer.

3

Trotamos en la dirección que había señalado el inspector Farmer hasta que llegamos a un sendero demasiado estrecho para que pudiéramos avanzar el uno al lado del otro. Me indicó que pasara delante, y luego él me siguió. Mittenwool caminaba en paralelo a nosotros, a cierta distancia, entrando y saliendo de los árboles.

—Oye, ¿qué es eso que cuelga en la parte de atrás de tu silla? —me preguntó el inspector Farmer en un momento dado. Me hablaba en tono amistoso.

Fingí no oírlo, porque no estaba de humor para hablar.

—¿Me oíste, chico? ¿Qué llevas ahí? Parece un pequeño ataúd.

—Es una funda de violín.

—¿Una funda de violín? ¿Por qué la trajiste?

No le contesté. Sentía la rabia subiéndome por los huesos, por las piernas y por la columna hasta llegar a la cabeza, que me dolía. Me dolía todo mi ser.

—¿Por qué trajiste una funda de violín? —repitió.

—Para proteger el violín que hay dentro.

—¿Por qué trajiste un violín?

—No lo sé.

—¿Sabes tocarlo?

—¡No!

Hizo un ruido como de flauta, un largo y lento silbido.

—Mira, sé que estás enojado, chico —siguió diciéndome en tono amable—. Siento no poder llevarte conmigo. Y te prometo que iré a ver cómo estás cuando haya acabado mi trabajo. Iré a verlos a ti y a tu padre a Boneville. Me debes una cena a base de conejo, ¿sabes?

Su tono conciliador únicamente sirvió para que me enojara todavía más. Pensaba no dirigirle la palabra, pero no lo conseguí.

—¿Y si no vuelve? —le pregunté con voz ahogada, como si hubiera tragado fuego. No levanté la mirada. Lo decía tanto para mí mismo como para él. También se lo decía a Mittenwool. Y de alguna manera se lo decía incluso a mi padre. Que me hubiera dejado en casa era como una herida reciente, aunque sabía por qué se había marchado. Ahora me daba cuenta de que quedarse sola en el mundo es lo peor que le puede pasar a una persona. Y este viejo de nariz roja al que acababa de conocer estaba a punto de volver a dejarme solo. Era más de lo que podía soportar.

—¿Qué se supone que debo hacer si mi padre no vuelve? —le pregunté en tono cansado.

El inspector Farmer carraspeó. No me contestó de inmediato.

—Bueno, ¿tienes algún pariente con el que puedas quedarte? —me preguntó serio.

—No.

—¿Tu madre?

—Murió.

—Lo siento.

—Murió en mi parto.

—¿Tenía familia?

—La repudiaron cuando se casó con mi padre, porque era un don nadie. Así que, aunque supiera dónde viven o cómo se llaman, ni en un millón de años acudiría a ellos. Y antes de que me lo pregunte, no, mi padre nunca tuvo familia. Sólo estamos él y yo.

—Ya veo —me dijo sopesando sus palabras—. De acuerdo, entonces quizá podrías irte a vivir con amigos.

—No tengo amigos.

—¿Qué me dices de tu amigo Mittenwool? Estoy seguro de que su familia te dejaría quedarte con ellos.

No pude evitar resoplar.

—No, no podría quedarme con Mittenwool.

—¿Por qué? ¿No te cae bien su familia?

—¡Él tampoco tiene familia!

—¿No tiene familia? ¿Cuántos años tiene?

Negué con la cabeza. En esos momentos sólo quería que el inspector Farmer se callara. Tantas malditas preguntas.

—Silas, ¿cuántos años tiene ese amigo tuyo? —insistió—. Daba por sentado que era un niño como tú.

—No, no es un niño como yo —le contesté en voz alta—. No tiene nada de niño. La verdad es que no sé cuántos años tiene.

—Silas, ten cuidado —me advirtió Mittenwool.

Pero estaba agotado. Estaba cansado de las preguntas del inspector Farmer. No podía estar más agotado.

—Por lo que sé —seguí diciéndole—, Mittenwool podría tener cien años. Podría tener mil años. No me cuenta estas cosas.

—¿Por qué haces esto, Silas? —me gritó Mittenwool.

—Así que no es un niño. ¿Es eso lo que estás diciendo? —me preguntó el inspector Farmer.

—Silas, piénsalo bien antes de…

—No, no es un niño, es un fantasma, ¿okey? —le contesté a toda prisa—. ¡Es un fantasma! ¡Usted no podría verlo, aunque lo intentara! ¡Es un fantasma!

Prácticamente escupí las tres últimas palabras. Mittenwool me miraba, y cuando terminé, movió la cabeza con tristeza y siguió caminando entre los árboles.

4

Debo decir que hace mucho tiempo, cuando tenía unos seis años, Mittenwool y yo, y mi padre y yo llegamos al acuerdo de que nunca hablaría de Mittenwool con nadie. Llegamos a este acuerdo tras un desafortunado incidente con otros niños, que una tarde me oyeron hablando con Mittenwool mientras esperaba a mi padre a la puerta del mercado de Boneville. Los niños me preguntaron con quién estaba hablando, y yo, que no sabía cómo se tomaba la gente estas cosas, les contesté tranquilamente: «¡Estoy hablando con mi amigo Mittenwool!». Ya se podrán imaginar cómo se burlaron de mí. Se rieron de mí y me ridiculizaron sin piedad. Un niño incluso me retorció el brazo y me gritó con los ojos cerrados: «¡Vete, demonio!».

Cuando mi padre salió y los vio, la rabia silenciosa en sus ojos fue algo digno de verse. Los niños se dispersaron como cuervos en un campo. Luego me levantó, me sentó en la carreta, me dio las riendas —algo que nunca había hecho, ya que

Mula era muy peleonera y mis manos aún eran muy pequeñas— y salimos de Boneville. Mi padre estaba sentado a mi
derecha y Mittenwool a mi izquierda.

—Oye, Silas —me dijo por fin—, tu amistad con Mittenwool es maravillosa y digna de ser atesorada. Pero hay personas que no van a entenderla porque no pueden ver ese tipo de
maravillas. Así que quizás, aunque la decisión es sólo tuya,
pero quizá deberías mantener tu amistad con Mittenwool
para ti, al menos hasta que conozcas a alguien muy muy bien.
¿Qué te parece?

Mittenwool asintió.

—Tu padre tiene razón, Silas. No es necesario que nadie
más sepa de mí.

Nada más haberle dicho al inspector Farmer lo que le había dicho, me arrepentí, pero ya no había vuelta atrás. No había
vuelta atrás en nada, en nada de todo lo que había sucedido
desde que los tres jinetes aparecieron en nuestra puerta. No
podía retirar lo que había dicho y tampoco podía volver atrás en
el tiempo. Es otra cosa que mi padre me había dicho una vez:
«El mundo gira siempre en una única dirección, que es hacia
adelante, y va tan rápido que no lo notamos». Pero ahora mismo sí lo notaba. El mundo giraba hacia adelante, a una velocidad
impresionante, y yo sólo podía avanzar hacia adelante con él.

Me sorprendió que el inspector Farmer no respondiera de
inmediato a lo que le había dicho. Dejó que mis palabras col-
garan un rato en el aire, dejó que los pájaros volaran a su alrededor, que los mosquitos flotaran entre ellas y que el bosque
salvaje las asimilara.

Cabalgamos en silencio hasta llegar al bosquecillo de abedules, donde nos despediríamos. El inspector Farmer me pi-

dió que redujera el ritmo, pero en ese momento me daba igual lo que me dijera. Estaba atrapado en el movimiento hacia adelante de los pasos de Poni y no podía controlarlo. Así que el inspector me adelantó y se giró en su silla de montar para mirarme. Pensé que iba a despedirse de mí, y en parte estaba en lo cierto.

Se quitó el sombrero y se rascó la cabeza con la misma mano con la que lo sujetaba. Se le pegó una mosca en la mejilla e intentó ahuyentarla con el sombrero. Pero la mosca siguió posándose en el mismo lugar mientras él hablaba.

—Hijo, necesito que ahora hables en serio conmigo, ¿me oyes? —me dijo con firmeza—. ¿Por qué estás jugando conmigo? ¿Por qué me dices esas cosas?

Lo miré fijamente a los ojos.

—¿Qué cosas?

Se puso el sombrero y frunció los labios.

—Lo de tu amigo. Mittenwool.

—¿Se refiere a lo de que es un fantasma?

—Por Dios, maldita sea —gritó, incómodo por el mero hecho de que hubiera dicho la palabra—. En realidad, no te lo crees, ¿verdad? Estás tomándome el pelo, ¿no?

Negué con la cabeza y respiré hondo. Entretanto Mittenwool se acercó y se colocó entre nuestros caballos.

—Dile que era una broma, Silas —susurró—. Acabemos con esto y vayámonos a casa.

—No quiero irme a casa —le contesté—. Sólo quiero encontrar a mi padre.

—Lo sé, chico —dijo el inspector Farmer.

—No estoy hablando con usted, estoy hablando con Mittenwool —le repliqué, desafiante.

Farmer volvió a intentar quitarse la obstinada mosca de la mejilla, aunque creo que sólo estaba tomándose tiempo para pensar qué contestarme.

—Así que lo que estás diciéndome es que estás hablando con él ahora mismo —dijo con cautela—. ¿Ese Mittenwool está aquí ahora mismo?

—Sí, está entre nuestros caballos.

Entonces miré a Mittenwool, que se encogió de hombros para mostrarme que no estaba de acuerdo con lo que estaba haciendo.

—Ahora sí que la has hecho buena —susurró.

El inspector Farmer me estudió con atención. Observé que estaba muy disgustado. Volvió a dar un manotazo a la obstinada mosca que se cernía sobre su rostro mientras pensaba qué contestarme.

Miré hacia arriba. Sobre todo, porque no quería mirarlo a él, pero también porque quería contemplar el cielo y los pájaros que volaban por encima de nuestras cabezas. Esta parte del bosque era mucho más luminosa que en donde habíamos estado, y nada que ver con el bosque azul oscuro en el que había entrado el día anterior. Ahora me estaba familiarizando con el hecho de que los bosques, como todos los seres vivos, no son una cosa u otra, sino una mezcla de muchas cosas juntas.

—Mira —me dijo por fin el inspector rompiendo el silencio de mis pensamientos—, ya tuve bastante. Te dije que te acompañaría hasta la linde del bosque, y aquí hemos llegado. Si sigues esta hilera de árboles en línea recta, evitarás el pantano y llegarás a campo abierto en una hora, aproximadamente —señaló los abedules negros que se erguían como pilares marcando el camino—. Estamos un poco más al norte de donde te encontré, pero si continúas por este camino, deberías estar en casa a tiempo para dormir en tu cama esta noche.

Sabía que estaba mirándome, esperando a que le contestara, pero me limité a volver a mirar al cielo y cerré los ojos. Seguramente pensó que estaba mal de la cabeza. Y quizás un poco sí lo estoy. A veces no lo sé.

Creo que sólo pasaron unos segundos, aunque me pareció mucho más tiempo.

—O, o… —balbuceó— supongo que puedes venir conmigo.

Lo dijo con tanta naturalidad que creí que lo había entendido mal. Lo miré de inmediato. Él estaba mirándome fijamente, con expresión seria y fría como una piedra.

—Pero si vienes conmigo —siguió diciéndome—, no puedo garantizar tu seguridad. Y no voy a mimarte. Si te interpones en mi camino, te dejaré atrás. Si no puedes seguir mi ritmo, te dejaré atrás. Y si me mientes…

—¡No lo haré! —grité muy contento, negando con la cabeza—. ¡Se lo juro, inspector Farmer, seguiré su ritmo! ¡No me interpondré en su camino!

Me señaló con su dedo de chirivía, en un gesto de advertencia.

—Y si vuelvo a oírte hablar de un fantasma o de cualquier otra tontería parecida, te envío para tu casa. ¿Me has entendido?

—Sí, señor —le contesté con humildad.

—No estoy para pamplinas —dijo con vehemencia—. Soy un hombre sencillo, hablo claro y no tengo tiempo para tus fantasías. Puede que tu padre te permita esas cosas, pero yo no pienso hacerlo. ¿Me oyes?

Prácticamente resopló las últimas frases, como si expulsara las palabras por la nariz en una larga exhalación.

—Sí, señor —asentí con la cabeza rápidamente.

—¿Seguro?

—¡Sí, señor!

Asintió aprobando mi cambio de comportamiento, porque ahora me había sentado más recto en la silla de montar para impresionarlo. Sí, soy bajito para mi edad, pero quería demostrarle que también podía ser valiente. Me pareció que Poni también se animaba. Golpeó el suelo, como diciendo: «Estoy listo. ¡En marcha!».

Durante todo este tiempo había hecho lo posible por no mirar a Mittenwool, al que sabía que no le gustaría nada el cambio de planes. Lo espié unos segundos a cierta distancia. No estaba mirándome a mí, sino el bosque que teníamos delante. No tenía nada que decirle, incluso cuando hubiera podido hacerlo.

—Pues bien, ahora que estamos de acuerdo, vámonos —me dijo el inspector Farmer haciendo girar su yegua y adelantándome. Se desvió de los abedules hacia un matorral, y supe que estábamos regresando a lo más profundo del bosque. Respiré hondo, como si estuviera a punto de meterme bajo el agua, giré a Poni rápidamente y troté tras él.

Lo único que podía pensar era que se trataba de un movimiento hacia adelante. Estaba moviéndome hacia adelante, y no hacia atrás, en este mundo que giraba siempre tan rápidamente.

5

Nunca he ido a la escuela. Cuando tenía unos siete años, fui durante poco tiempo a la escuela de Boneville, que dirigía una mujer a la que llamábamos la viuda Barnes. Pero para entonces se había corrido la voz de que el hijo de Martin Bird estaba «confundido» (así lo llamaban), y cuando esos rumores llegaron a la viuda Barnes, me preguntó sobre Mittenwool delante de toda la clase. A aquellas alturas se me daba bien mentir sobre él y le dije lo que quería escuchar, pero, aun así, me hizo escribir en el pizarrón «Los fantasmas no existen» mientras mis compañeros se reían. Y luego, por si acaso no me había quedado claro, me pegó en la mano con una regla y me dijo que no toleraría en su escuela a ningún «espiritualista moderno», que a saber lo que eso significaba.

Cuando volví a casa y mi padre vio las ronchas en mis manos y escuchó mi explicación entre lágrimas, pareció más enojado de lo que lo había visto nunca.

—Las personas como esa vieja viuda Barnes no deberían dar clases —murmuró, furioso, mientras me frotaba linimento de aceite de almendras en los nudillos—. No tiene ni idea de la grandeza de tu mente, Silas. He conocido a personas así toda mi vida. No tienen imaginación. No tienen chispa en la mente. Así que intentan limitar el mundo a las cosas insignificantes que pueden entender, pero el mundo no puede limitarse. ¡El mundo es infinito! Y tú, aunque eres joven, ya lo sabes.

Levantó mi meñique.

—¿Ves este dedo meñique? Hay más grandeza en tu dedo meñique que en todas las viudas Barnes del mundo juntas. No es digna de tus lágrimas, Silas.

Me dio un beso en el meñique y me dijo que jamás volvería a poner los pies en esa escuela. En adelante, él sería mi maestro.

Fue lo mejor que podía pasarme, por supuesto, porque mi padre era mucho mejor maestro que la vieja viuda Barnes. Lo digo no para presumir, sino para señalar que gracias a la educación de mi padre sé cosas que un niño de mi edad no tiene por qué saber. Aunque también hay cosas que un niño de mi edad debe saber y yo no sé. Pero mi padre dice que todo se equilibrará cuando sea mayor. Esto es lo que estaba aprendiendo a medida que me adentraba en el bosque. Todas las cosas que me había enseñado volvían a mí. Recordaba cosas que ni siquiera sabía que sabía.

El inspector Farmer y yo íbamos a buen ritmo. Cabalgamos en línea recta durante la mayor parte de la mañana hasta que descubrimos el rastro de los hombres a los que estábamos persiguiendo. Cuatro hombres a caballo dejan huellas en el suelo, sobre todo cuando no saben que los persiguen. El inspector me señalaba las marcas a medida que avanzábamos. Estiércol de caballo, que era lo más fácil de rastrear por las pequeñas nubes de moscas que se cernían sobre los montículos. Palos rotos en el suelo. Ramas dobladas. Charcos demasiado redondos para ser naturales. A medida que avanzaba el día, detectaba estas marcas cada vez mejor. Y cada vez que veía una ramita aplastada en el suelo, pensaba: «Quizá fue mi padre el que la aplastó». Esto bastaba para animarme a seguir adelante, aunque a veces estaba tan cansado que sentía que podría dormir cien años.

No nos detuvimos a comer, aunque sí bebimos agua de los arroyos que cruzamos en el camino. Hasta media tarde no entramos en la parte del bosque a la que el inspector Farmer llamaba el pantano. Habíamos cabalgado en paralelo a él todo el tiempo. Veía de vez en cuando la turbia maraña de árboles a mi derecha, de tonalidades más oscuras, de aspecto impenetrable, y sentía un escalofrío en la columna vertebral sólo de pensar en las voces que había oído allí el día anterior. Recuerdo que mi padre me dijo que hacía mucho, «en los primeros tiempos del mundo», había reptiles gigantes, y eso me parecía el pantano. Un lugar de otro tiempo que albergaba criaturas de otra época.

Aun así, no teníamos más remedio que entrar. Los hombres a los que perseguíamos habían penetrado en esa zona del bosque, así que nosotros también lo haríamos. Hice lo posible para que el inspector no se diera cuenta de que tenía miedo. «Aguanta, aguanta, aguanta.» Me senté recto como un palo en la silla mientras entrábamos. Puse cara de ser valiente. No me permití mostrar miedo a las enredaderas que se enroscaban como serpientes alrededor de los árboles. Ni a las ramas, tan enlazadas por encima de nosotros que era como si gigantescas dagas negras se descolgaran del cielo. Mientras nos abríamos paso entre los troncos, con todo goteando a nuestro alrededor, hice lo posible por pasar por alto el frío que empezaba a sentir en los huesos. Me salía vaho por la nariz. Aquí el aire parecía más denso. Luego nos metimos en la niebla. Y de nuevo empecé a oír las voces.

Al principio eran lejanas. Pensé que quizás eran los mosquitos que zumbaban por todas partes a nuestro alrededor.

Pero cuanto más avanzábamos, más fuerte se volvía el zumbido, y pronto ya no me parecía un zumbido, sino voces. Gritos y murmullos, como el día anterior. Como hace años, cuando fui por primera vez al bosque con mi padre. ¿Cómo describir ese sonido? Es como entrar en una gran sala donde cientos de personas conversan a la vez, algunas en voz alta, otras en voz baja y otras atropelladamente. En esta ocasión ni siquiera me molesté en decirme a mí mismo que eran un engaño de mi imaginación. Sabía bien lo que eran. Eran voces de fantasmas.

Temía que Poni volviera a salir disparado, como el día anterior, así que me mantuve cerca del inspector Farmer, con la cabeza agachada y la barbilla pegada al cuello. Si hubiera podido cerrar los ojos, lo habría hecho, pero debía estar alerta para seguir el ritmo. No dejaba de decirme a mí mismo: «¡Sé valiente, Silas! Has vencido a un rayo».

Enseguida empecé a ver formas entre los árboles con el rabillo del ojo. Al principio no las veía con claridad. Eran sólo movimientos de seres. No los percibía con nitidez, sino que eran imágenes borrosas de personas andando entre los árboles. No me atrevía a mirarlas directamente por miedo a ponerme a gritar y tener que dar explicaciones al inspector Farmer. Sentía el rubor en las mejillas, ahora habitual, el temblor de la columna vertebral y los escalofríos febriles que recorrían mi cuerpo. Lo que sentía no era sólo miedo, porque eso es una preocupación mental, sino mi reacción física a esas personas. Al fin y al cabo, yo era un niño vivo. Y ellas no estaban vivas. Estaba rodeado de muertos.

Cuanto más nos adentrábamos en el pantano, más figuras borrosas adquirían forma ante mis ojos. Sombras de personas. Andando. Hablando consigo mismas. Lloriqueando. Maldiciendo. Gritando. Lamentándose. Algunas lloraban. Otras se reían. Eran fantasmas, cada uno con sus propósitos. Sus misterios. Hablando de sus historias. Caminaban por delante de nosotros, por detrás y a nuestro lado. No nos veían a nosotros, ni se veían entre ellos. Había viejos y jóvenes. También niños. Si me preguntaran cómo eran, no sabría decirlo. No me atrevía a mirarlos directamente. No quería verlos.

Una de esas formas pasó tan cerca de mí que creí que iba a tocarme, así que moví la pierna para evitarla. Eso bastó para que me mirara, porque en ese momento debió de darse cuenta de que podía verla. Y aunque había hecho todo lo posible por evitar mirarla directamente, ahora no tenía opción. La observé. Abrió su único ojo de par en par, aterrorizada. El otro no estaba allí, porque la mitad de su cabeza había desaparecido, era una masa de pulpa y sangre.

No pude evitar jadear, y en ese preciso momento todos los fantasmas levantaron la mirada a la vez, alertados por mi presencia. Todos estaban cubiertos de las heridas que los habían matado. Acuchillados, rajados, disparados, desgarrados, podridos y quemados. La piel arrancada de los huesos. Las extremidades supurantes. Ensangrentadas. Empezaron a acercarse a mí. No sabía con qué intención. Y ya no pude evitarlo. Grité.

—¿Qué pasa? —preguntó el inspector Farmer girándose en la silla para mirarme.

Pero salí al galope antes de que hubiera terminado de girarse. No sé si Poni actuó por propia voluntad o reaccionó a mi repentina angustia, pero adelantó a la malvada yegua café del inspector y galopamos a toda velocidad, como ya lo habíamos hecho el día anterior, hacia la zona en la que no había fantasmas.

CUATRO

Cualquier cuerpo, después de haber estado expuesto a la luz, conserva alguna impresión de esa luz en la oscuridad.

NICÉPHORE NIÉPCE,
inventor de la fotografía,
The Annual of Scientific Discovery, 1859

1

Casi todas las noches de primavera y verano, y a veces incluso de otoño, mi padre y yo nos sentábamos en el porche después de cenar y pasábamos alrededor de una hora contemplando el cielo mientras la brisa fresca soplaba por las llanuras de pastos altos. Mi padre me leía, normalmente alguno de sus diarios. Por difícil que fuera el tema, siempre conseguía que lo entendiera. O me leía historias que sabía que me gustarían. Cuentos sobre los caballeros artúricos, mosqueteros, bucaneros y marineros. Alfombras mágicas. Centauros.

Algunas noches dejaba los libros y trazaba figuras entre los millones de estrellas que llenaban el cielo. ¡Cuánto colmaban mis sentidos aquellas historias de las constelaciones! La voz suave y musical de mi padre me transportaba por desiertos y océanos, con palabras que sonaban como una fantasía. *Grillada*, por ejemplo. «Casiopea, si existió alguna vez —dijo—, era una reina que estaba grillada.» Lo que significa que estaba loca.

Soogh era el sonido de una suave brisa que soplaba sobre el mar.

Amerand era el nombre que él le daba al color de la hierba a principios de la primavera.

Hasta mucho después no descubrí que no eran palabras del inglés estadounidense, sino que mi padre las había traído consigo del otro lado del océano.

Ya fuera del pantano, mientras esperaba a que el inspector Farmer me alcanzara, lo único en lo que podía pensar era en mi padre diciéndome: «Vas a divertirte mucho, Silas».

Y tenía razón.

2

Decir que el inspector Farmer estaba furioso cuando por fin me alcanzó sería quedarse muy corto. El viejo estaba lívido, con la cara roja como un tomate. Apenas podía hablar.

—Vi un oso —fue la única mentira que se me ocurrió en mi defensa—. Lo siento.

Estaba sin aliento, como si me hubiera perseguido él mismo, no su caballo.

—Un oso —dijo por fin apretando los dientes—. ¿Viste un oso y no me dijiste ni pío? ¡Por Dios, la próxima vez que veas algo así, grita con todas tus fuerzas! ¿Me oyes?

Asentí.

—Lo siento, inspector Farmer.

—¿Qué tipo de oso era? ¿Un oso negro? ¿Un oso pardo?

Yo aún estaba temblando por lo que había visto y sólo quería seguir cabalgando lo más lejos posible de allí.

—No sé. Sólo vi una sombra…

—¿Una sombra? —infló las mejillas y soltó un largo suspiro, como si apagara una vela—. No sé por qué demonios acepté traerte conmigo —murmuró, más para sí mismo que para mí.

Pensé que lo mejor era no contestarle.

—Tienes suerte de no haber llegado muy lejos, chico, poco más puedo decir —me dijo agitando su gran dedo doblado hacia mí—, porque debes saber que en caso contrario no me habría molestado en venir a buscarte. ¡Por mí, que te coman los lobos! Pero escúchame bien: si vuelves a hacer algo así...

—¡No lo haré! No volverá a pasar. Se lo prometo.

Se tiró de la barba un rato, tan furioso que seguía mostrando los dientes, hasta que empezó a calmarse. Cuando se le pasó el enojo, se secó la cara con las palmas de las manos.

—Bueno —me dijo mirando a su alrededor—, supongo que este lugar es tan bueno como cualquier otro para acampar esta noche.

—No, por favor. ¿Podríamos seguir un poco más? —todavía estaba temblando.

Abrió los ojos como si no pudiera creer que tuviera el valor de no estar de acuerdo con él.

—Por favor. Un poco más lejos del pantano —le supliqué.

—¿Qué te hace pensar que no seguimos estando en el maldito pantano?

«Aquí no hay fantasmas», pensé.

—Aquí el suelo no está tan húmedo —le contesté.

—¡Exacto! ¡El suelo está seco! —gritó agitando el puño hacia mí—. ¡Por eso deberíamos acampar aquí! —se subió las mangas—. ¡Ahora baja de tu poni y haz fuego! Ya casi ha oscurecido. Hemos cabalgado doce horas seguidas y los animales necesitan descansar.

Se bajó del caballo y se estiró apoyando la mano en la cadera. No pude evitar notar que su espalda seguía doblada incluso cuando intentaba enderezarse. Al verme mirándolo, rugió:

—¡Te dije que bajes de ese apestoso poni! ¡Ve a buscar leña! ¡Espabila antes de que se haga de noche!

Desmonté, até a Poni a un árbol cercano y empecé a buscar leña en los alrededores.

3

Estaba a cierta distancia, con los brazos cargados de madera, cuando Mittenwool se acercó a mí.

—¿Cómo te va, Silas? —me preguntó en tono compasivo.

—Mejor que no me oiga hablando contigo —le susurré mirando hacia el inspector Farmer para asegurarme de que no estaba mirándome—. No quiero que vuelva a enojarse.

—No me gusta cómo te habla.

—No debería haber dejado que Poni saliera corriendo.

—Se asustó.

—Así que ¿viste lo que pasó en el pantano?

Apretó la mandíbula.

—Sí.

—Eran muchísimos, Mittenwool. Cubiertos de sangre. Nunca en mi vida me había asustado tanto.

—Lo sé. Pero ahora estás bien.

—¿Y si vienen esta noche mientras duermo?

—No vendrán. Se quedan en el pantano.

—¿Por qué?

—Así son las cosas.

—Pero ¿por qué? ¿Por qué se quedan en el pantano? ¿Y cómo lo sabes? Ayer me dijiste que no sabías lo que eran.

—Y no lo sabía seguro. Pero hoy los vi, como tú. Es obvio lo que son.

—Son fantasmas.

Hizo una mueca y asintió.

—Pero son muy diferentes de ti —le dije.

Se encogió de hombros, como si no supiera qué contestarme. Entonces caí en la cuenta.

—No saben que están muertos, ¿verdad?

Se quedó en silencio unos segundos. El pelo le caía sobre los ojos mientras se miraba las manos. Lo cierto es que a veces no tenía ni idea de lo que le pasaba por la cabeza.

—Lo único que sé —me contestó en voz baja— es que puedo verlos, pero ellos no pueden verme a mí. No sé por qué es así ni cómo. Quizá sea por lo que dijiste —se apartó el pelo de la cara y me miró fijamente—. Lo importante que debes recordar, Silas, es que no quieren hacerte daño. Se quedan en el pantano porque, bueno, creo que tiene algún significado para ellos. Pero, sea cual sea, no tiene nada que ver contigo. Así que no te preocupes por si vienen esta noche. ¿De acuerdo? Todo irá bien.

—¡Por todos los demonios! —gritó el inspector Farmer desde el otro lado del campamento—. ¿Por qué tardas tanto, chico? —estaba buscándome entre los árboles.

—¡Ya voy! —le contesté a gritos. Y luego a Mittenwool—: Deberíamos volver antes de que le dé otro ataque.

—Pues vete ya. Nos vemos mañana.

—Espera. ¿No vienes conmigo?

—Prefiero quedarme aquí, si no te parece mal. Puedo oírte, si necesitas algo.

—¿Es porque no te cae bien?

Miró al inspector, que ahora estaba dando furiosas patadas a su saco de dormir, zapateando, maldiciendo y en pleno ataque porque aún no había encendido el fuego.

—Como te dije antes, me molesta cómo te habla. Es un viejo malvado.

—Lo sé, pero va a ayudarme a encontrar a mi padre. Es lo único que me importa.

—Bueno, más le vale que empiece a ser más amable contigo, o si no...

—¿O si no qué? ¿Vas a darle una paliza? —le pregunté riéndome.

—¡Oh, no sabes lo que soy capaz de hacer! —contestó bromeando, levantando el puño—. En cualquier caso, estaré aquí si me necesitas. Vete a dormir. Buenas noches.

—Buenas noches.

Me dispuse a volver al campamento, pero de repente recordé algo.

—¿Y qué te parece Aethón?

Sopesó el nombre.

—¿De dónde lo sacaste?

—Es el nombre de uno de los caballos de Héctor.

Lo repitió varias veces y se encogió de hombros.

—Sigue gustándome más Poni.

Fruncí el ceño.

—Hum. Okey.

—Pero sigue pensando.

—Lo haré.

4

Cuando volví al campamento, el inspector Farmer no me dijo una palabra, ni siquiera cuando le ofrecí unas setas que había recogido después de haber encendido el fuego. Me despidió con un gesto brusco, encendió la pipa y miró fijamente las llamas. A mí me parecía perfecto no hablar con él. Estaba encantado de no tener que hablar, la verdad. Al menos al principio. Pero a medida que avanzaba la noche, y el recuerdo de los fantasmas del pantano seguía dando vueltas a mi alrededor, el silencio empezó a resultarme más complicado. Parecía que, mirara hacia donde mirara, vería el rostro de aquella mujer en la oscuridad. La sangre roja brillante. El horror de su muerte, tan evidente. No podía sacudirme las preguntas que se agolpaban en mi cabeza, hasta que al final no tuve más remedio que romper el silencio.

—¿Inspector Farmer? —mi voz sonó como un chillido en la noche, incluso para mí—. ¿Puedo hacerle una pregunta?

Me miró con recelo.

—¿Qué pregunta?

Elegí mis palabras con mucho cuidado.

—¿Alguna vez ocurrió algo en ese pantano por el que pasamos…?

—¿Te refieres al sitio donde viste un oso? —se burló.

Escupió al fuego.

Pasé por alto su tono.

—Recuerdo que mi padre me dijo que por esa zona hubo muchas escaramuzas. Entre los colonos y los nativos.

—Nos disputábamos el territorio, si es de eso de lo que estás hablando —me contestó lanzando un palito al fuego—. Pero los echaron.

—¿Quién?

—El Gobierno.

—¿Adónde los echaron?

—¡A territorio indio! ¡Maldita sea, ya estoy harto de tantas preguntas!

Pensé en los fantasmas.

—No creo que los echaran —comenté en voz baja—. Creo que los mataron.

—Hubo muertos en ambos bandos, créeme.

—Mi padre dice que lo que les hicieron a los nativos es repugnante —contesté.

El inspector Farmer carraspeó y lanzó otra rama al fuego.

—Yo también creo que es repugnante —añadí.

—Bueno, eres un chiquillo. No sabes gran cosa.

—«Luchemos y, si es necesario, muramos, pero no conquistemos.»

—¿También lo dice tu padre?

—Lo escribió Fénelon. ¿Sabe quién es?

—Apuesto a que otro de tus amigos fantasmas.

—Era escritor —le contesté—. François Fénelon. Escribió *Las aventuras de Telémaco*. ¿Lo conoce?

Mi pregunta pareció sorprenderle.

—No me interesan especialmente los libros, chico. Creo que es obvio.

—Bueno, es uno de mis libros favoritos —contesté—. Fénelon lo escribió para el rey de Francia, cuando el rey era niño. En fin, escribió que la guerra sólo se justifica si se lucha para lograr la paz. Pero nuestro Gobierno no está luchando por la paz. Está luchando por el territorio. Así que no creo que su lucha esté justificada.

El inspector Farmer sacó una cantimplora de su abrigo y bebió un largo trago.

—Bueno, no puedes quitarle la tierra a alguien y esperar que no haga nada, ¿verdad? —seguí diciendo.

Se frotó los ojos.

—Mira, si tienes las armas, puedes hacer lo que quieras.

—¡Es una actitud horrible! —grité.

Levantó la barbilla y vi que le brillaban los ojos. Estaba convencido de que iba a regañarme.

—Eres una pistola, chico —me contestó, y eructó.

En ese momento me di cuenta de que lo que estaba bebiendo de la cantimplora no era agua, sino algo que lo convertía en alguien mucho más afable.

—Apuesto a que ni siquiera sabe quién es Telémaco —dije.

—Y ganarías la apuesta.

—¿Quiere saberlo?

Alzó las cejas y soltó un breve silbido.

—Claro, chico. Me muero por saberlo.

De nuevo fingí no darme cuenta de su tono sarcástico.

—Telémaco era el hijo de Ulises —dije—. Ulises era el más inteligente de todos los guerreros griegos que lucharon en la guerra de Troya. Pero hizo algo que enfureció a los dioses, y por eso lo castigaron haciendo que, una vez terminada la guerra, se perdiera en el camino de vuelta a su casa, en Ítaca. Pasaron veinte años, y Ulises aún no había vuelto a su casa, así que Telémaco, el hijo al que había dejado cuando era un bebé, fue a buscarlo para llevarlo de vuelta a casa.

El inspector Farmer se cruzó de brazos e inclinó la cabeza hacia mí.

—¿Por qué demonios estás contándome todo esto? —me preguntó, cansado.

—No lo sé. Supongo que estoy pensando que Telémaco es como yo, que también estoy buscando a mi padre —lo cierto es que hasta ese momento no había caído en la similitud, y me apeteció compartirla—. Y a Telémaco lo acompaña en sus aventuras un hombre llamado Méntor, que se parece a usted, ¿no cree? Bueno, está enseñándome cosas sobre el bosque, cómo hacer fuego y cosas así.

Pensé que quizá se sentiría halagado, pero se limitó a resoplar y luego levantó la cantimplora hacia mí, como si fuera a brindar.

—Eres muy parlanchín, ¿sabes? —fue todo lo que me dijo.

Me ruboricé y de repente me sentí tonto.

—Pensé que le resultaría interesante, eso es todo —le contesté con pesar—. Mi padre me contó que los antiguos griegos valoraban mucho los viajes largos, las vueltas a casa y todo eso.

—Ya te dije que no soy de libros —refunfuñó—. En fin, está haciéndose tarde —vació lo que quedaba en la cantimplora—. Y la verdad es que tu piar como un maldito pájaro por tu padre me está dando sueño. Buenas noches.

—Buenas noches —le contesté con voz ligeramente temblorosa.

—Ya me contarás más cosas sobre ese libro mañana, si quieres —añadió en un tono que me pareció que quería ser conciliador. A estas alturas ya se había quitado el sombrero y se lo había colocado encima de la cara—. Ja —siguió diciendo desde debajo del sombrero—. Pías como un pájaro. Y te apellidas Bird. No pretendía hacer una gracia cuando te lo dije —me miró por debajo del sombrero—. Fue gracioso, ¿no crees? Ay, que me cuelguen. No estás llorando, ¿verdad?

—No.

—¡A otro perro con ese hueso! —gruñó.

—¡No estoy llorando!

—¡Bien!

—Sé que piensa que soy raro —me limpié un ojo con los nudillos—. No es la primera vez que alguien piensa eso de mí.

Gimió. O quizá fue un largo suspiro.

—No diría raro exactamente —me contestó en tono amable—. Pero tengo que decirte que nunca había conocido a un chico como tú.

Me sorbí los mocos y aparté la mirada.

—Seguro que lo que lleva en la cantimplora no es agua.

—¡Claro que es agua! Es mi agua de néctar especial.

Negué con la cabeza en gesto desaprobador.

—Te diré una cosa, chico —balbuceó en voz baja—. No hay nada en el mundo que no se vea mejor durante el día que durante la noche, así que cierra los ojos y duerme un poco. Te sentirás mejor por la mañana.

—La luna se ve mejor por la noche —dije intentando que no se me quebrara la voz.

Por un momento me miró como si se hubiera quedado en blanco, hasta que por fin entendió lo que le había dicho.

—Ja —dijo asintiendo con la cabeza—. Me atrapaste, chico. Buenas noches.

Volvió a cubrirse la cara con el sombrero, y antes de que hubiera contado hasta diez estaba roncando.

5

«La luna se ve mejor por la noche», le había dicho. Una buena réplica. Me pregunté si Mittenwool la habría oído. Pensaría que es una respuesta inteligente a un viejo tonto. A mi padre también le habría gustado.

Sólo pensar en él hizo que el corazón me diera un vuelco.

Veía la luna justo por encima de mí, asomando entre las copas de los árboles. Una blanca luna llena en un cielo negro como un tizón. Me pregunté si mi padre estaría mirando esa misma luna en ese momento. «¿Qué estará haciendo ahora mismo? ¿Estará pensando en mí?»

Hacía sólo un mes, los dos estábamos en el porche, fotografiando una luna llena como ésta. Bueno, en realidad no era como ésta. ¿De verdad hacía sólo un mes? Me parecía una eternidad.

(Mi mente volvía a lanzar pensamientos en todas las direcciones.)

El plan era presentar esa fotografía a un concurso que habíamos visto anunciado en una de las revistas científicas de mi padre. La mejor fotografía de la luna ganaría un premio de cincuenta dólares en efectivo, y la Royal Astronomical Society la incluiría en la Gran Exposición de Londres de 1862.

—¿Cincuenta dólares por una fotografía de la luna? —comenté en tono escéptico cuando me mostró el anuncio durante el desayuno. Fue un día de noviembre—. Me parece dinero fácil.

Mi padre se rio entre dientes.

—Ah, es más difícil de lo que crees, hijo —empezó a explicarme en tono amable—. En primer lugar, se necesita un telescopio grande, de unos dos metros de largo. Como el que Foucault presentó a la Academia de Ciencias hace unos años. Con cristal plateado para el reflector. No un espéculo, que es lo que sigue utilizando la mayoría de los llamados fotógrafos de caballeros. Tienen que moler el vidrio, cubrirlo con nitrato de plata, amoníaco y quizás algo de potasa. Azúcar de leche. Construir un mecanismo de relojería. Algo sobre lo que montarlo todo. No, no, es muchísimo trabajo, hijo. Por eso es algo que muy pocas personas han conseguido hacer desde De la Rue, y eso fue hace unos años.

—Papá, ¿sabes qué? Deberías presentarte. ¡Deberías participar en este concurso!

—Ja, ja —se rio pensando que estaba bromeando.

—¿Por qué no? ¡Ganarías!

Me miró alzando las cejas.

—¿Sabes cuánto tiempo y dinero se necesita para construir un telescopio así?

—Pero ya construiste un telescopio.

—No como ése, hijo.

—Y hemos ganado mucho dinero con tus hierrotipos.

—Que es para tu futura educación.

—Pero ¡podríamos ir a Londres si ganas, papá! ¡Podrías ponerte un sombrero alto y elegante para la Exposición! —alcé el brazo por encima de mi cabeza para indicar lo alto que sería su sombrero.

—Bueno, sería digno de verse —me contestó, divertido. Se reclinó en su silla.

—¡Vamos! Será divertido. Te ayudaré.

Sonrió y suspiró a la vez, y unos segundos después:

—Me ayudarás, ¿no? ¿Recuerdas lo que te enseñé sobre la órbita de la luna? ¿Qué significa perigeo?

—Es cuando la luna… —dudé.

Mi padre sonrió.

—Es el punto de la órbita lunar más cercano a la Tierra.

—Más cercano a la Tierra —repetí rápidamente.

Asintió y se puso sus lentes de lectura. Luego agarró el *Almanaque de los agricultores* de la mesa y empezó a hojearlo. Se detuvo en una página y pasó el dedo por un gráfico.

—«7 de marzo de 1860: la luna llena tendrá lugar cerca del perigeo» —leyó en voz alta, y me miró por encima de los lentes—. Sería el momento de tomar la foto. Cuando la luna llena esté más cerca de la Tierra. Será la luna más grande y brillante de todo el año.

—¿Quiere eso decir que vamos a hacerlo?

Cerró el almanaque.

—Bueno, ya que prometiste ayudarme…

Aplaudí.

—¡Hurra! ¡Nos vamos a Londres!

—Bueno, bueno, no te hagas demasiadas ilusiones. Sólo faltan cuatro meses para el 7 de marzo y tenemos mucho trabajo por delante. Vamos a tener que trabajar duro.

Y no exageraba. La cantidad de trabajo que mi padre terminó haciendo todas las noches, durante los siguientes cuatro meses, fue asombrosa. Construyó un telescopio. Un mecanismo de relojería. Un soporte de madera. Pulió lentes. Experimentó con mezclas coloidales. Adaptó la caja de su cámara. Todo ello sin dejar de cumplir con los pedidos de botas y de hacer retratos en el estudio durante el día. Todas las noches me iba a dormir y lo dejaba inclinado sobre la mesa llena de libros, y todas las mañanas lo encontraba donde lo había dejado. Y nunca se quejó. De hecho, parecía disfrutar del trabajo, incluso cuando empezaron a sangrarle las palmas de las manos por haber pasado horas frotando arenisca contra el vidrio.

A medida que se acercaba el gran día, se convirtió en el tema de todas nuestras conversaciones. ¿Y si nevaba esa noche? ¿Y si estaba nublado? ¿Y si hacía demasiado frío o la lente se empañaba? ¿Y si hacía demasiado viento y la cámara se movía? Cuando casi había llegado la fecha esperada, yo estaba muy nervioso. Y mi padre, que procuraba ser cauteloso con su entusiasmo, apenas podía contener la emoción.

Cuando amaneció y el día resultó ser claro como un cristal, sin una nube en el cielo, no podíamos creer la suerte que habíamos tenido. Era como si el cielo hubiera conspirado con nosotros para crear esa obra hermosa, y estábamos listos. Habíamos ensayado muchísimas veces lo que teníamos que hacer esa noche para asegurarnos de que todo transcurriera sin problemas. Mi padre había marcado en los tablones de madera dónde debería ir la montura, y había cerrado el porche con una pantalla para mantener a raya el viento. Sacamos el telescopio en cuanto el sol empezó a hundirse en el cielo. Por fuera no era un artilugio especialmente elegante, sólo una gran caja rectangular de nogal sin pulir. Pero dentro albergaba una meticulosa selección de lentes de vidrio espejados que, según dijo mi padre, «pondrían el cielo a nuestro alcance». En la base del telescopio estaba acoplada la cámara, que mi padre fijó con cuidado. Luego, cuando terminó de ajustar el ángulo y de asegurar la base, se sentó a mi lado en los escalones del porche y esperamos el anochecer en silencio y maravillados. Cuando la luna empezó a elevarse por encima de la colina, fue pura magnificencia.

—Wow —susurré con reverencia—. Brilla tanto como el sol.

—Es el sol el que la hace brillar —me explicó mi padre, también en susurros.

—Pero el sol ni siquiera ha salido.

—Claro que sí —me pasó una mano por el pelo—. Aunque no podamos verlo, el sol nunca deja de brillar. Recuérdalo.

—De acuerdo.

—Creo que el cielo ya está lo bastante oscuro —se puso de pie y se sacudió los pantalones—. ¿Listos?

—¡Listos! —exclamé saltando alegremente.

Vertió el colodión en la placa de vidrio, que se convertiría en el negativo, y con cuidado dejó que la solución cubriera toda la superficie. Luego la sensibilizó con nitrato de plata y deslizó el portaplacas en la caja de la cámara. Ajustó la placa de enfoque desde detrás de la cortina negra y también ajustó ligeramente el equipo.

Al final, cuando todo estuvo listo, respiró hondo y deslizó con cuidado la tapa de la lente para empezar la exposición. Contamos hacia atrás desde veinte...

Seis. Cinco. Cuatro. Tres. Dos. Uno.

Sustituyó la placa de la cubierta. Sólo cuando exhaló me di cuenta de que había estado conteniendo la respiración todo el tiempo.

En cuanto la lente quedó cubierta, quitó rápidamente el portaplacas de madera de la cámara y se dirigió al cuarto oscuro del sótano. La diminuta habitación estaba iluminada por un único farolillo de color rubí. Vertió su solución de hierrotipo en la placa de vidrio para extraer la imagen latente de la luna.

Para mí siempre ha sido una maravilla, y siempre lo será, ver que algo invisible se hace visible. Despacio, mágicamente, vimos cómo el negativo de la luna adquiría forma en la placa de vidrio sumergida.

Mi padre levantó la placa de vidrio por los bordes y la enjuagó suavemente en un recipiente con agua de lluvia. Luego acercó la cara para observarla con atención a la tenue luz roja. El agua goteaba desde el fondo del cristal hasta la bandeja de porcelana.

—Debo admitir, Silas —dijo lentamente, sonriendo mientras observaba las esquinas de la placa—, que supera mis mejores expectativas. Los bordes son nítidos. Las zonas de sombra están bien definidas. Pueden verse los más delicados detalles, incluso en los cráteres. ¡Podemos conseguirlo!

—¿Puedo verla? ¿Puedo verla? —le pregunté, entusiasmado.

—Claro, pero ten mucho cuidado.

Me tendió la placa de vidrio, y en cuanto curvé los dedos alrededor de los bordes, la placa se me resbaló. En un instante se había convertido en un millón de pequeños fragmentos alrededor de mis pies.

Jadeé, como si me hubieran perforado los pulmones.

—Ay, no —dije sin aliento. Me tapé la boca con una mano—. Ay, no. Ay, no.

Empecé a gemir. No podía creer lo que acababa de hacer.

—No pasa nada, hijo.

No podía mirar a mi padre.

—Ay, papá…

No era capaz de articular palabra. Las palabras eran como trozos de vidrio en mi boca.

—No pasa nada, hijo —me repitió en tono amable, frotándome el hombro—. Te lo prometo. No pasa nada.

Un llanto frenético se apoderó de mí, un temblor que me desgarró todo el cuerpo. ¡Qué idiota! ¡Qué torpe! La viuda Barnes tenía razón. ¡Un niño confundido! ¡Eso es lo que soy!

Podría haberme derrumbado en la pila de fragmentos de vidrio en ese mismo momento, pero mi padre me levantó y me llevó a la cocina. Lloraba tan fuerte que empezó a dolerme la cabeza. Me picaban los ojos. No me di cuenta de que tenía los tobillos llenos de diminutos trozos de vidrio hasta que vi la sangre.

Mi padre me sentó en un extremo de la mesa y retiró con cuidado los fragmentos de vidrio de mis piernas intentando calmarme. Me hablaba en voz baja mientras limpiaba los pequeños pinchazos ensangrentados con tintura de yodo.

—Lo importante no era la Exposición ni el dinero del premio, ¿verdad? Lo que realmente importa es que lo conseguimos, Silas. ¡Fotografiamos la luna! Es lo único que importa, hijo. Que lo conseguimos.

Intentó que lo mirara, y cuando lo hice, sonrió, colocó las palmas de las manos en mis mejillas y me secó las lágrimas con los pulgares.

—Te lo prometo, Silas —me susurró mirándome fijamente a los ojos—. Habrá otras lunas. No te preocupes.

Me abrazó y supe que todo iría bien.

Me llevó a mi habitación y se sentó en el borde de mi cama hasta que me quedé dormido.

Me desperté unas horas después, con los ojos hinchados por las lágrimas que había derramado. Mi padre ya no estaba en mi habitación, pero Mittenwool sí.

—¿Viste lo que pasó? —le pregunté—. Rompí la luna.

—Lo vi. Lo siento.

—¿Mi padre está durmiendo?

—Está en el porche.

Bajé la escalera y miré por la ventana de la cocina. Estaba en el porche, efectivamente, sentado en la silla al lado del telescopio. Donde antes estaba la luna sólo se veía una neblina amarillenta, pero él miraba el cielo como si aún pudiera verla. Sus ojos brillaban en la oscuridad.

Parecía tan tranquilo que no lo interrumpí. Volví a mi cama.

—Habrá otras lunas —dijo Mittenwool, repitiendo lo que me había dicho mi padre.

—No como ésa —le contesté, y me tapé la cabeza con las cobijas.

Ahora, tumbado en este bosque desconocido, en un terreno desconocido, mirando una luna llena infinitamente más pálida que la que capturamos brevemente, sólo podía pensar en los ojos de mi padre contemplando el cielo, mil veces más brillantes que cualquier luna.

Pensándolo retrospectivamente, supe que lo que iluminaba la luna aquella noche no era el sol. Era mi padre.

CINCO

No sabemos por qué pueden venir ni por qué no.

CATHERINE CROWE
The Night-Side of Nature, 1848

1

A la mañana siguiente me desperté antes que el inspector Farmer y me preparé para partir. Listo para marcharme. En cuanto él se levantó, nos subimos a los caballos y nos fuimos. Sin cháchara. No tuvimos tiempo de desayunar.

Por suerte, no tuvimos que volver a entrar en el pantano. Los hombres a los que perseguíamos debían de odiarlo tanto como nosotros, porque, en lugar de adentrarse en él de nuevo, habían tomado un camino que lo rodeaba. Me sentí aliviado, por supuesto, no sólo porque me ahorró conocer más a fondo a los fantasmas del pantano, sino porque los mosquitos me habían picado sin piedad.

—¿Por qué a usted no lo tocan? —me quejé cuando nos detuvimos en un arroyo para que los caballos bebieran al ver que el inspector Farmer no tenía ni una sola picadura. Yo me rascaba tanto que me había salido sangre.

—Porque tengo la piel demasiado dura para ellos, supongo —se jactó—. Es lo que sucede cuando llegas a ser tan viejo como yo.

—¿Cuántos años tiene?

—Uf. Mira, no estoy seguro —murmuró. Observó fijamente los árboles al otro lado del arroyo—. La verdad es que he pasado tanto tiempo en este bosque, persiguiendo a fugitivos, que he perdido la noción del tiempo. Dime, ¿en qué año estamos?

—En 1860.

—Ah. Sí, debes de tener razón. Te diré una cosa, chico: este bosque se traga el tiempo. Vámonos.

Espoleó a su yegua, y yo lo seguí obedientemente.

También había observado lo del tiempo en este bosque. Cuando cabalgábamos, no sabía si era por la mañana o por la tarde. Los minutos parecían horas. Las horas volaban como segundos. A veces parecía que veíamos los mismos árboles, las mismas arboledas, los mismos montículos llenos de sanguijuelas y pamplinas una y otra vez. Pero de repente nos topábamos con un pequeño claro, y era como si el cielo hubiera bajado a la tierra con los rayos del sol. Todo árbol y toda rama brillaban con luz dorada, y cuando miraba hacia arriba, veía el cielo azul por encima del dosel de los árboles. Era maravillosamente hermoso.

Llegué a la conclusión de que en el bosque el tiempo es como la luz moteada. Viene y va. Se esconde y brilla. Y entretanto lo transitamos. Me sentí un poco como Jonás dentro de su enorme ballena, aislado del mundo. Con los árboles alzándose a mi alrededor como enormes costillas, y Poni, mi barquito lanzándose al mar. No es que hubiera estado alguna vez en el mar, pero así me lo imaginaba.

Ese día sólo hicimos una parada larga. Creo que fue a media tarde, pero no lo sé, quizá fuera antes. Salté de Poni y empecé a arrancar helechos cabeza de violín mientras el inspector Farmer se agachaba para observar el rastro, que se había vuelto algo confuso entre la maleza. De nuevo no pude evitar observar lo retorcida que tenía la espalda.

—¿Qué miras tan boquiabierto? —me gruñó al sorprenderme mirándolo.

—¡Nada!

La verdad es que era un viejo tan cascarrabias que a veces apenas podía soportarlo.

—Recogí helechos cabeza de violín que podemos comernos más tarde —dije señalándolos.

—Estos son venenosos —me comentó con indiferencia.

—¿Qué? —solté a toda prisa los helechos y me limpié las palmas de las manos en el abrigo.

—Ven a ayudarme.

Extendí la mano, a la que se agarró para ponerse de pie.

—Sólo se comen los que tienen las vainas cafés —me explicó una vez se hubo incorporado—. Ahora pongámonos en marcha. Sé qué camino tomaron.

Monté a Poni y vi que le costaba subir a su yegua porque le dolía la espalda.

—Mi padre puede ayudarlo con la espalda —le dije con cautela cuando empezamos a cabalgar. Avanzaba a su lado por un claro amplio, aunque oscuro—. Cuando lo encontremos, quiero decir. Puede realinear las vértebras de su espalda. A mí me lo hizo.

—¿De qué estás hablando?

—Me alineó la espalda después de que me alcanzara un rayo hace unos años —seguí diciéndole—. Me caí y me hice daño en la espalda, así que mi padre se hizo con todos los libros de anatomía que pudo encontrar y me arregló la columna vertebral. ¡También podría curarlo a usted!

Me miró de reojo, enfadado, así que desvié la mirada rápidamente.

—Mi padre podría haber sido médico, de verdad —continué, procurando no mirarlo, como un animal salvaje al que no quieres mirar a los ojos—. Sabe mucho de biología y cosas por el estilo. O científico.

—Creía que me habías dicho que es fabricante de botas.

—Eso lo hace para ganarse la vida —contesté—. Pero sabe muchas otras cosas. ¡Nunca conocerá a un hombre más inteligente, inspector Farmer! Es un genio.

—Vaya.

—Creo que por eso se lo llevaron.

—¿Qué quieres decir?

—Seguramente pensaron que podría ayudarles con esas cosas de la «filsaficación».

—Falsificación.

—Falsificación.

—Ni siquiera sabes lo que es, ¿verdad?

—No, señor.

—Sabes quién es Fénelon, pero no conoces la palabra *falsificación*.

Si su intención era hacerme sentir tonto, lo consiguió.

—No dije que yo fuera un genio —murmuré.

—Un falsificador es una persona que hace dinero falso —me explicó.

—¿Dinero falso? ¿Cómo lo hacen?

—Hay diferentes maneras. Básicamente, lavan billetes viejos para quitarles la tinta, luego los imprimen con valores más altos y parecen lo bastante reales como para pasar por dinero auténtico.

—¿Cómo los lavan?

—Utilizan productos químicos y cosas por el estilo.

No pude evitar alegrarme.

—¡Entonces mi teoría tiene sentido! Mi padre utiliza productos químicos para imprimir imágenes en papel, inspector Farmer. La imagen no sólo se queda en la superficie, como en las impresiones a la albúmina, sino que tiñe la fibra del papel. Incluso patentó el sistema.

Se reclinó en la silla y se mordió la mejilla, como si estuviera reflexionando sobre lo que yo acababa de decir.

—Bueno, no entiendo demasiado de productos químicos, debo admitirlo —dijo por fin—, pero podrías tener razón, chico. Esos falsificadores siempre buscan nuevas formas de hacer las cosas. Los bancos no dejan de intentar burlarlos, pero ellos siempre van un paso por delante.

—Ni siquiera me parece tan malo imprimir dinero falso —seguí parloteando, sin pensar en lo que estaba diciendo. No sé por qué, con el inspector Farmer, las palabras parecían salir de mi boca como saliva.

—¿No crees que sea tan malo? —gritó, enojado, y se giró en su silla de montar para mostrarme los dientes. Los pocos que tenía estaban llenos de mugre—. Si tuvieras un billete de cien dólares y resultara que no vale nada, ¿cómo te sentirías?

Abrí mucho la boca.

—Inspector Farmer, no puedo saber cómo me sentiría, porque jamás en la vida he tenido un billete de cien dólares —le contesté con sinceridad.

Creo que mi respuesta inesperadamente sincera lo tomó por sorpresa. Resopló negando con la cabeza.

—Te diré una cosa, chico. Si tu padre puede arreglarme la espalda, le pagaré el doble en dinero real.

—¡Trato hecho! —contesté sintiéndome bien por haber conseguido que fuera amable.

—De acuerdo. Pues dejémonos de charla. Azuza a tu caballo y a cabalgar.

—Espere, inspector Farmer. ¡Mire! —le grité jalando las riendas de Poni para que se detuviera de inmediato. Salté, entusiasmado, y corrí hacia el pie de un árbol, donde dos pequeños huevos de pájaros cantores yacían intactos sobre unos helechos. Los levanté para que los viera—. ¡Uno para usted y otro para mí!

—Muy bien, muy bien, vámonos —chasqueó los dedos con impaciencia.

Me metí con cuidado los huevos en el bolsillo del abrigo y salté sobre Poni.

—Por cierto, ¿de veras te alcanzó un rayo? —me preguntó unos minutos después mirándome de reojo mientras cabalgábamos.

—Ah, sí. Hace un par de años me cayó un rayo —contesté sin florituras.

Volvió a resoplar negando con la cabeza, y después espoleó a su yegua para que fuera más deprisa.

—¡Es verdad! —le grité dándole un rodillazo a Poni para que lo alcanzara—. Me dejó una marca en la espalda. Puedo mostrársela luego, cuando acampemos.

—No, chico, está bien —ni siquiera miró hacia mí al decirlo.

—Mi padre dice que significa que tengo suerte —añadí.

—¿Suerte? —murmuró entre dientes, y de repente toda la alegría de su voz desapareció—. Estás aquí, en medio de la nada, persiguiendo a una banda de forajidos. ¿Es eso tener suerte?

—Bueno, encontrarlo a usted fue una suerte, ¿no?

Volvía a ser un viejo retraído, que miraba hacia adelante con las comisuras de la boca caídas.

—¿Qué tal si le das un descanso a la lengua? ¿De acuerdo? —murmuró—. ¡Jamás he conocido a nadie que hable tanto como tú!

Y éste fue el final de nuestra conversación hasta la noche.

2

Acampamos poco antes del anochecer. El inspector Farmer se sentó con un gruñido y apoyó la espalda en un gran árbol mientras yo encendía una hoguera para hervir los huevos, que antes había examinado con cuidado. Me había entrado tanta hambre que me dolían los costados, por debajo de las costillas. Estaba como atontado. Miré el agua hirviendo y se me hizo la boca agua.

Era nuestro tercer día juntos en el bosque.

El inspector y yo nos sentamos en silencio, como de costumbre, uno frente al otro, separados por el fuego. Decidí que esa noche no iniciaría ninguna conversación. Estaba harto de sus comentarios sobre mi locuacidad. Si quería hablar, que empezara él. Yo observaba hervir el agua mientras él sacaba su cantimplora y daba largos tragos. Me atrevería a decir que debía de tener una docena de botellas de «néctar» en su bolsa, porque la cantimplora nunca parecía agotarse.

Creo que sabía que tenía previsto no hablar esa noche, porque no dejaba de mirarme mientras yo cocinaba los huevos, como si estuviera deseando que dijera algo. Pero no pensaba hacerlo.

Al final, mientras encendía su pipa, rompió el silencio.

—Mira, he estado pensando en lo que comentaste antes sobre tu padre —dijo.

Avivé el fuego sin hacer siquiera una mueca.

—¿Estás seguro de que no conocía a ninguno de los hombres que fueron a buscarlo?

Sentí que se me tensaba la garganta.

—Estoy seguro.

Asintió pasándose los dedos por la barba. A la escasa luz del fuego, todo su cuerpo parecía desaparecer en el tronco del árbol en el que estaba apoyado.

—Te lo pregunto porque ese Mac Boat era un tipo inteligente. Le habrían interesado esas cosas químicas de las que me has hablado.

Me odiaba a mí mismo por habérselo contado.

—¿Te he contado lo que hizo Mac Boat? —me preguntó.

—Sólo que era falsificador.

—Eso es lo que era —dijo—. No lo que hizo. ¿Quieres que te lo cuente?

Me encogí de hombros, como si no me importara si me lo contaba o no.

—Ese hombre se llevó a tu padre. ¿No sientes curiosidad?

—Nunca dije que se llevara a mi padre —le contesté de inmediato—. Sólo que Rufe Jones mencionó su nombre, nada más.

—Me sorprende que no sientas curiosidad.

—Está bien, pues cuéntemelo.

Se acomodó en el árbol, como si se preparara para contarme una larga historia.

—¿Has oído hablar de la banda de la calle Orange? —me preguntó apuntándome con la pipa—. No. Claro que no. La banda de la calle Orange era la banda de falsificadores más grande de Nueva York. Estoy hablando de antes de que nacieras, por supuesto. Operaba desde el barrio Five Points hasta Canadá, imagínate si era grande. El caso es que Mac Boat entró en esa banda.

—Muy bien —volví a encogerme de hombros intentando fingir indiferencia.

—Las autoridades llevaban años persiguiendo a esa banda —siguió diciéndome. Se notaba que disfrutaba enormemente contando esta historia—. Y un día, de repente, recibieron un chivatazo sobre un gran intercambio que tenían previsto. Un intercambio es cuando cambian los billetes falsos por dinero real. Así que formaron una gran patrulla. Sheriffs, policías e inspectores. Unos veinte hombres en total. Rodearon la sede, en la calle Orange. Se produjo un gran tiroteo. Murieron seis agentes. Pero al final del día, los habían atrapado a todos. Toda la banda de la calle Orange, asesinada o arrestada…, excepto uno. ¿Quieres saber quién?

Me miró con ojos desorbitados.

—Mac Boat —contesté de mala gana.

—Exacto —dijo dando otra larga calada a la pipa—. Y todavía hoy nadie se explica cómo lo hizo. No sólo escapó de los agentes aquel día, sino que se llevó también un baúl lleno de monedas de oro. Veinte mil dólares en monedas recién acuñadas.

No pude evitar jadear.

—¿Veinte mil dólares? ¿Adónde fue con todo ese dinero?

El inspector Farmer se reclinó hacia atrás.

—Nadie lo sabe —contestó—. Las monedas de oro nunca entraron en circulación. Quizá las enterrara en alguna parte. O las fundiera en lingotes. Quizá se las llevó a Escocia, que es de donde era. La verdad es que nadie sabe adónde fue Mac Boat. Es como si se lo hubiera tragado la tierra. Por eso, cuando mencionaste su nombre, de repente mis oídos se animaron. Es todo muy misterioso, ¿no crees?

Miré el fuego. No puedo decir lo que pensaba porque ni yo mismo lo sabía.

—Se me ocurrió —siguió diciendo el inspector— que, si Mac Boat está compinchado con los hombres a los que estoy persiguiendo, cuando los atrape, es muy probable que pueda resolver el misterio de esos veinte mil dólares. Sería toda una hazaña, ¿no?

Los huevos duros estaban listos. Lo cierto es que ya se me había quitado el hambre. Retiré el cuenco del fuego y saqué un huevo del agua con un palo bifurcado, no por ganas de comer, sino para no mirar al inspector.

Mientras pelaba el huevo, sentía que él me fulminaba con la mirada.

—No es que esté buscando algún tipo de recompensa, que conste —me aclaró—. Estoy persiguiendo a esos tipos para ajustar cuentas, nada más. El jefe de esa banda, un hombre llamado Roscoe Ollerenshaw, mató a mi socio hace unos años y…

—Ése es el nombre —le dije levantando la mirada rápidamente.

—¿Qué nombre?

—El nombre que no recordaba el otro día. Es el hombre que envió a Rufe Jones a buscar a mi padre. No Mac Boat.

—¿Roscoe Ollerenshaw? ¿Estás seguro?

—Totalmente seguro.

—Vaya, es increíble —murmuró rascándose la mejilla—. ¡Llevo años buscando a ese hombre! Juré sobre la tumba de mi socio que algún día lo encontraría. ¡Caramba!

Mientras hablaba, mordí la parte superior del huevo, ya pelado. De inmediato lo escupí y tuve que aguantarme las ganas de vomitar.

El inspector Farmer sonrió.

—Es un huevo silvestre, hijo —me comentó riéndose.

—Pero ¡lo había mirado al trasluz!

—A veces no se sabe si está fecundado hasta que das el primer mordisco. Supuse que lo sabías.

—¡No, no lo sabía! —le contesté amargamente. Di un largo trago de agua de mi cantimplora y la escupí. Luego tiré al fuego el resto del huevo.

—Inténtalo con el otro —me dijo—. Quizás esté bien.

Tiré también el otro huevo al fuego y me rodeé las rodillas con los brazos.

—Si tienes mucha hambre, siempre puedes cavar y buscar gusanos cortadores —me sugirió—. No saben tan mal si los fríes en un palo.

—¡No tengo hambre!

—Como quieras —sacó su cantimplora y empezó a beber—. En fin, lo que te decía…

—Mire, si no le importa —lo interrumpí, porque sentía que iban a darme arcadas—, no quiero seguir hablando de estas cosas. No quiero oír hablar de tiroteos, ni de bandas ni de falsificadores. Ahora lo único que quiero es dormir. ¿Le parece bien?

El fuego chisporroteó.

—Muy bien —contestó, divertido—. Pero echa un poco de leña al fuego antes de acostarte, ¿okey?

Puse los ojos en blanco, eché varios palos grandes al fuego y desenrollé la manta de Poni.

—Buenas noches —le dije girándome de espaldas al fuego.

Eructó.

—Oye, ¿te importa si te pregunto una cosa más? —dijo en tono travieso.

Gruñí. Por alguna razón, sabía exactamente lo que iba a preguntarme.

—¿Qué?

Se tomó un segundo para dar un trago.

—¿Por qué lo llamaste Mittenwool? ¿Qué nombre es ése? ¿Por qué no Tom? ¿O Frank?

—No lo llamé nada. Se llama así.

—Es uno de esos nombres que se inventaría un niño pequeño. Como Penny Doll. O Lumber Jack.

Al final me giré para mirarlo.

—¡Lo que debería preguntarse es qué hombre permite que un niño muerda un huevo fecundado!

—¡Je, je, je! ¡Un hombre que supone que un niño con un fantasma sabe de qué va el mundo! Supuse que tu amigo invisible estaba cuidándote, asegurándose de que no comieras pollitos medio crudos.

Lo miré fijamente.

—Bueno, mi «amigo invisible» no está aquí ahora mismo. ¿Y quiere saber por qué? ¡Porque usted no le cae bien, inspector Farmer! ¡Ni lo más mínimo! Y no puedo culparlo.

No me había dado cuenta de lo furioso que había sonado hasta que me miró alzando las cejas y apretando los labios. Luego soltó la carcajada más grande que le había escuchado hasta entonces. Se rio tanto que acabó con un ataque de tos.

Volví a acostarme en la manta.

—Me alegro de que se la pase tan bien —dije dándome la vuelta.

—No, chico —contestó, todavía riéndose—. Sólo estoy divirtiéndome un poco contigo, nada más. No seas así.

—Creo que no tiene usted ninguna gracia —le solté desde debajo de la manta.

—No te enojes. Es sólo que el viejo inspector Farmer está riéndose un poco, nada más. La verdad es que he estado solo tanto tiempo que creo que he olvidado cómo tratar a las personas.

—La única razón por la que estoy aquí con usted es porque me está ayudando a encontrar a mi padre. Ésa es la única razón.

—Lo sé, chico.

—Y me importa un bledo si cree o no lo del rayo, lo de los fantasmas o lo que sea —seguí diciéndole—. Mi padre siempre dice: «La verdad es la verdad. Lo que crean los demás no importa». Así que adelante, crea lo que quiera, inspector Farmer. Ríase un poco. No me importa lo más mínimo. Y ahora me voy a dormir. ¡Buenas noches!

El fuego crepitó y su calor me recorrió la espalda. Pasaron unos segundos.

—Tu padre parece un buen hombre —me dijo el inspector Farmer en tono amable.

Tragué saliva.

—El mejor del mundo.

—Lo encontraré. Te lo prometo.

Me dio la impresión de que lo decía en serio. No le contesté.

—Buenas noches, chico.

No le respondí.

3

No podía dejar de darle vueltas a lo que habíamos hablado. El inspector Farmer, a su inimitable manera, había encendido pequeños fuegos en mi cabeza cien veces más ardientes que la fogata que estaba detrás de mí. Mis pensamientos se arremolinaban como humo. Me dolía la cabeza.

Mittenwool.

Mi padre me dijo que fue una de las primeras palabras que salieron de mi boca cuando era un bebé. Qué peculiar debí de parecerle en aquel momento. No puedo imaginar lo que pensó. Pero siempre conseguía que todo pareciera tan normal. Ni una sola vez se quejó. Ni una sola vez me hizo sentir tonto o poco creíble.

No es que no hubiera reflexionado antes sobre el misterio de Mittenwool, por supuesto. Aunque soy joven, tengo curiosidad. Y aunque acepto lo incognoscible de nuestro mundo con el debido respeto, siempre he sido lo bastante razonable como para formular preguntas para las que no tenía respuestas.

A veces incluso le hacía esas preguntas a Mittenwool, como ya he comentado, pero sus respuestas siempre eran vagas. La verdad es que no sabe una pizca sobre sí mismo. Y lo poco que sabe no tiene ni pies ni cabeza. Conoce las reglas del ajedrez. No le gustan las peras. Siente aversión por los zapatos. Lo único que sabe es que no sabe nada.

La conclusión a la que he llegado es que algunas almas están listas para dejar el mundo y otras no. Eso es todo. Las que lo están, como mi madre, sencillamente se van. Pero las que no, se quedan. Quizá murieron de forma demasiado repentina y se aferran al lugar donde recuerdan haber estado vivas por última vez. Un lugar que les resulta familiar o donde están enterrados sus huesos. O tal vez están esperando a alguien. Quizá tengan asuntos pendientes. Algo que quieren ver o deben solucionar. Y cuando lo consiguen, siguen adelante, como dijo Mittenwool.

En cuanto a por qué yo veo a los fantasmas y otros no los ven, no lo sé. Recuerdo mi sorpresa, siendo pequeño, cuando me di cuenta por primera vez de que los demás no podían ver a Mittenwool. «¿Cómo es posible? ¡Pero si yo lo veo perfectamente! ¡Puedo tomarlo de la mano! ¡Puedo verle los dientes cuando se ríe! ¡Su ropa tiene arrugas! ¡Se le ensucian las uñas! No puede ser más real. Carne y sangre. ¿Cómo es posible que la gente no lo vea? ¿Cómo no lo puede ver papá?» Me parecía increíble.

Lo cierto es que no era el único fantasma que había visto en mi vida. Siempre había otros a mi alrededor. Sombras fugaces en Boneville. Figuras que acechaban detrás de los árboles. Cerraba los ojos ante ellos. No quería ver lo que no podía dejar de ver.

Nunca fue así con Mittenwool. No hubo un momento en mi vida en el que él no estuviera. Como un hermano mayor. Mi eterno compañero.

En cuanto a por qué vino a mí y qué relación tiene conmigo, quizá nunca lo sepa. Supongo que les pasa a todos en la vida. Las personas se cruzan en la calle a diario y no tienen ni idea de si están relacionadas de alguna manera. Si quizá sus abuelas se conocieron alguna vez. A la señora que compra azúcar en la tienda no se le ocurre que el extraño que tiene delante pueda ser un primo lejano. Las personas no se plantean estas cosas. Cuando se conocen, no se preguntan si sus antepasados se conocían. Si quizá lucharon entre sí. Si se querían. Si hace mucho tiempo, cuando las tribus vagaban por el desierto, eran parientes. ¡Sabe Dios las relaciones que nos unen! Y si así sucede con los vivos, también debe de ser lo mismo con los muertos. Los misterios que nos gobiernan también los gobiernan a ellos. Si la vida es un viaje hacia lo desconocido, la muerte también debe de ser un viaje. Y aunque algunas personas, como mi madre, sepan exactamente adónde van, otras personas no. Quizá deambulan un poco, no saben a dónde se dirigen o se sienten un poco perdidas. Quizá necesiten un mapa, como los extranjeros en un país que no es el suyo. Están buscando puntos de referencia. Una brújula. Instrucciones sobre adónde ir. Quizá Mittenwool sólo esté viajando, y el tiempo que pasa conmigo sea una parada en su camino.

No lo sé.

Pero he hecho las paces con todo lo que no sé. He hecho las paces con todas las leyes de la física que no se cumplen, las biologías antinaturales en juego y las pruebas inconsistentes de la existencia de Mittenwool. He hecho las paces con la delicada lógica de su ser y todas sus frágiles manifestaciones. Lo único que sé con absoluta certeza es que siempre ha estado a mi lado. Y no necesito saber más.

Y si el viejo inspector Farmer quiere reírse, ¿a mí qué me importa? Que se ría. Me da igual lo que crea. La verdad es la verdad, como dice mi padre. Eso es todo.

Esto es lo que me decía a mí mismo mientras la fogata me calentaba la espalda, y el lado nocturno del mundo resonaba en la oscuridad. «La verdad es la verdad.» Y eso me calmaba como un bálsamo.

Pero era la otra parte de mi conversación con el inspector Farmer, la que tenía que ver con Mac Boat y el baúl lleno de monedas de oro, la que me mantenía despierto. Era lo que hacía que mi mente no se acallara, lo que hacía que mi corazón no pudiera descansar. Los pensamientos seguían flotando en mi cabeza, chocando unos con otros como polillas en una lámpara. Era otro tipo de incógnita.

Supongo que en algún lugar de mi corazón podría haber sabido la verdad. O creído que la encontraría al otro lado de este bosque. Pero el corazón es un país misterioso. Puedes viajar miles de kilómetros por tierras extrañas y, aun así, nunca encontrar nada tan insondable como el amor.

4

A la mañana siguiente empezamos temprano. Hacía viento y el día era fresco. Yo estaba cansado y de mal humor por la falta de sueño.

—Se avecina una tormenta —dijo el inspector Farmer.

Miré hacia arriba. El día me pareció despejado, pero no iba a perder el tiempo llevándole la contraria.

—¿Llegaremos al desfiladero hoy? —pregunté.

Gruñó algo. Pudo ser un sí o un no. No me molesté en contestarle.

Era mi cuarto día en el bosque. En algún momento pensé: «Bueno, ¿si me hubiera quedado en casa esperando, mi padre habría vuelto en unos días?». En algún momento pensé: «¿Si hubiera hecho caso a Mittenwool, habría evitado los mosquitos, el hambre, los huesos doloridos por montar a caballo durante todo el día y los recuerdos de muertos sangrantes?». Sí, pensé estas cosas. Pero también pensé en que el movimiento hacia adelante es movimiento hacia adelante. No hay vuelta atrás.

Cabalgamos a buen paso y llegamos al desfiladero en una hora.

Después de tantas horas viajando con «el desfiladero» como destino, el lugar al que queríamos llegar, encontrarlo tan pronto esa mañana me pareció extraordinario y normal a la vez. Yo estaba sin aliento, como si hubiera corrido todo el camino a ciegas, y ahora, de repente, viera brillar el sol. Ahora todo se movía más deprisa. Sentía un hormigueo en el cuerpo y mis sentidos se agudizaban. Aquí estábamos.

Hasta que miré desde lo alto del desfiladero no fui consciente de que en los últimos días habíamos subido tanto por el bosque. Lo que me había parecido una suave pendiente era en realidad un terreno mucho más empinado de lo que había imaginado, porque cuando nos detuvimos fue como si estuviéramos en el límite del mundo. En mis doce años de vida, nunca había estado en un lugar tan elevado, y por un momento, mientras miraba hacia abajo, sentí que mi alma se desvanecía, como si abandonara mi cuerpo. Tuve que ponerme de rodillas y arrastrarme hasta donde habíamos dejado a Poni y a la yegua café, a unos metros de la pared rocosa. El mero hecho de ver al inspector andar de un lado a otro por el precipicio hacía que me hormigueara la columna vertebral y que me temblaran las rodillas. Lo que experimentaba tenía un nombre, recordaba que mi padre me lo había enseñado alguna vez, pero no encontraba la palabra. Como un millón de palabras más, se arremolinaba en el espacio entre el fondo del precipicio y yo.

No pude seguir mirando al inspector Farmer y metí la cara en la melena de Poni. El caballo me lanzó un relincho que por un momento me hizo pensar en Argos, que ladraba suavemente cuando le acariciaba el estómago, y de repente una ola de desesperación se apoderó de mí. «¿Cómo estará Argos? ¿Qué estoy haciendo aquí? ¿Cómo diablos he venido a parar a lo alto de un desfiladero, tan lejos de mi casa?»

Busqué a Mittenwool con la mirada. No lo había visto desde la noche anterior. Me sacaba de quicio que no estuviera cerca de mí. Me había prometido que no se alejaría.

El inspector Farmer se acercó contoneándose y murmurando algo para sí mismo. No estaba de buen humor, y eso siendo generoso.

Había perdido el rastro. De eso estaba seguro. Aquí, en el saliente rocoso del altísimo desfiladero, no había huellas de cascos en la tierra húmeda ni ramas dobladas. Buscamos por todas partes estiércol de caballo o señales de una acampada. Era como si los hombres a los que perseguíamos, que se habían llevado a mi padre, se hubieran desvanecido por la ladera del desfiladero.

—¿Y ahora qué hacemos? —le pregunté.

—Que me ahorquen si lo sé —rugió con voz como de grava.

—Tengo sed —dije, no tanto a él como para expresar mis sentimientos en voz alta. Pero se enfureció.

—¿Puedes dejar de quejarte mientras intento pensar?

Habría querido contestarle que esa mañana no había dicho una palabra, pero mantuve la boca cerrada. Volvió a la pared rocosa y se arrodilló en el borde. El mero hecho de verlo agachándose, con la espalda como una espiral, me hizo estremecer. Se deslizó hasta el borde, tumbado boca abajo, y asomó la cabeza por el desfiladero. Admiré mucho su valentía, hasta que lo oí llamarme.

—Chico, ven aquí —me dijo.

—No, gracias, estoy bien donde estoy —contesté con la cara metida en el cuello de Poni.

—¡Que vengas!

Puse los ojos en blanco y, a cuatro patas, me acerqué a él. Me detuve junto a sus botas.

—No, a mi lado —me ordenó—. Ya no veo muy bien. Tienes que mirar y decirme lo que ves.

—Yo tampoco veo muy bien —contesté.

—Ven aquí ahora mismo —dijo apretando los labios y con la cara roja.

Dudé, pero sabía que en algún lugar al otro lado del desfiladero estaba mi padre, y mis huesos, mi médula, mi corazón y todo mi ser creían que me necesitaba. Así que me deshice del miedo como pude y, tumbado, con el estómago presionado contra la roca lisa, me arrastré hasta ponerme a su altura. Me agarré al borde del desfiladero, me pegué a él y nuestras cabezas se inclinaron sobre el abismo.

—Mira hacia abajo —me ordenó—. ¿Qué ves?

Miré hacia donde me señalaba y creí que iba a desmayarme, pero aguanté. Había un arroyo agitado, no llegaba a ser un río, que serpenteaba por una estrecha zanja, entre las paredes del desfiladero.

—Veo un arroyo.

—¡No, por allí! —exclamó con impaciencia señalando la pared de roca del otro lado del abismo, que estaba a un tiro de piedra.

—Sólo la pared del desfiladero.

—¡Entonces mira por allí y por allá! —me ordenó moviendo el brazo de izquierda a derecha, lo que supuse que significaba que debía encontrar algo en alguna parte.

—¿Qué tengo que buscar? —pregunté.

—¡No lo sé! Utiliza los ojos, maldita sea.

Así que busqué Dios sabe qué. Hice un barrido de toda la pared de enfrente del desfiladero y después miré a derecha e izquierda. Sólo veía la misma roca amarilla, y estaba a punto de decírselo cuando algo en lo alto del desfiladero, en el extremo izquierdo, me llamó la atención. ¡Era Mittenwool! De pie en el borde, saludándome. ¡Ahí era donde había ido! Hice todo lo que pude por contener mi alegría al verlo allí y no dije nada al inspector Farmer, por supuesto.

Mittenwool me indicaba por señas que mirara debajo de donde él estaba, en lo alto de dos grandes curvas, el punto en el que los peñascos se inclinaban hacia el centro. Bajé la mirada hasta el fondo, y allí, a unos seis metros por encima del riachuelo, divisé una tosca hendidura en la pared de la roca. Parecía poco destacable, excepto por el hecho de que un metro por debajo había otra, más o menos del mismo tamaño, y luego varias más por debajo. Eran seis en total, bastante paralelas entre sí, y conducían al arroyo.

—Veo pequeñas hendiduras allí —le dije al inspector Farmer señalándolas—. Son como peldaños tallados en la pared.

Miró en la dirección que le señalaba, pero, aunque entrecerró los ojos, no veía nada. Se apartó del borde del desfiladero y me dio un empujón con sus nudillos hinchados para que hiciera lo mismo.

Volvimos a los caballos, cabalgamos por el bosque medio kilómetro aproximadamente, en paralelo al desfiladero, y repetimos lo que acabábamos de hacer. Aquí la roca era mucho más empinada, por lo que llegar a un lugar donde pudiéramos asomar la cabeza por el desfiladero exigía más fuerzas de las que tenían mis brazos. Pensé que el inspector Farmer me ayudaría, pero se limitó a ordenarme que me acercara.

—¡Vamos, chico! Sube ya tu cuerpo esmirriado —me dijo en tono brusco.

Jalé y jalé, y al final conseguí asomar la cabeza para tener una mejor visión del otro lado del desfiladero. Allí, para mi alivio, estaba Mittenwool, en el mismo sitio que antes. Y muy por debajo de él estaban las seis hendiduras sobre el arroyo. Pero desde este punto, directamente opuesto a la pared del desfiladero, pude ver lo que no había visto antes. Por encima de la «escalera», donde las paredes se doblaban hacia adentro, había un gran saliente que conducía a un agujero en la pared vertical de la roca. Era de unos cuatro metros de lado, pero estaba lo bastante atrás como para que no se viera, a menos que estuvieras justo enfrente. Unos pocos metros a la izquierda o la derecha, y resultaría imposible ver lo que sin duda era la boca de una cueva.

—Ay, estupendo —susurró alegremente el inspector Farmer—, lo encontramos, chico. Lo encontramos.

—¿Está seguro? —le pregunté.

—¡Míralo tú mismo! Hasta mis viejos ojos pueden ver que es una cueva. Debería estar totalmente oscura, ¿verdad? Pero no lo está. ¿Y ves cómo se abre por dentro? ¿Por qué crees que puedes verlo?

—¿Porque dentro algo la ilumina?

Asintió.

—¡Exacto!

—¿Y mi padre está ahí? —pregunté con el corazón acelerado.

—Me apostaría cualquier cosa —contestó—. Utilizan esos agujeros en la pared como escalera para subir desde el arroyo.

—Pero ¿cómo bajan al arroyo desde aquí?

—Eso no lo sé. Tiene que haber un camino, o abajo o por el otro lado. ¿Qué hay por allí? —me hizo un gesto para que mirara a nuestra izquierda, donde, mucho más arriba del arroyo, el desfiladero parecía bifurcarse alrededor de una pequeña cascada—. ¿Es aquello una cascada? Creo que oigo ruido de agua. ¡Malditos sean mis ojos y mis oídos!

—Sí, hay una cascada, señor.

—Vamos.

Se deslizó por la roca y yo lo seguí.

Cabalgamos durante otra hora. Poni se mantenía en la línea de árboles, como si supiera que yo no quería ver el precipicio, y el inspector cabalgaba junto al desfiladero, aunque no tan cerca como para que pudieran verlo desde el otro lado.

Cuando por fin nos detuvimos, Farmer me indicó que me acercara, e hice lo que pude por mantenerme firme cuando llegué hasta él. Estábamos en un mirador que daba al estrecho desfiladero. Al otro lado había otro mirador, unos metros por debajo del nuestro. La distancia hasta el otro lado era de casi dos metros. Entre los dos miradores no había más que una caída directa al espumoso arroyo. Era el paso más estrecho entre las paredes del desfiladero, porque más allá de nosotros se ensanchaba rápidamente y se dividía en dos accidentes geográficos separados que se elevaban abruptamente y formaban las laderas de las montañas.

No podía mirar al abismo sin marearme y me temblaban las rodillas. Llevé a Poni a los árboles, a unos cuatro metros de donde el inspector Farmer buscaba lo que estuviera buscando, que suponía que era un camino mágico que atravesara el estrecho desfiladero.

—¡Silas! —me llamó Mittenwool saliendo del bosque y dirigiéndose a mí.

—Encontraste la cueva —le susurré, agradecido, con cuidado de que el inspector no me oyera.

—¡Está ahí, Silas! Tu padre está en la cueva. Lo vi.

Me tapé la boca para no jadear.

—Tiene los pies encadenados, pero parece que está bien —siguió diciéndome—. En la cueva hay más hombres. No sé cuántos, porque iban y venían. Sus caballos están al pie de las cataratas. Al otro lado del barranco hay un camino que baja al arroyo. Desde aquí no se ve, está justo detrás de la cascada.

—¿Cómo llegamos al otro lado?

—Vamos a tener que saltar —me contestó el inspector Farmer, que se había acercado a mí y debió de pensar que estaba hablando con él.

Me giré hacia él, que estaba atando la silla de montar de su caballo.

—¿Qué quiere decir con saltar? —pregunté.

—El camino hacia el arroyo debe de estar al otro lado de las cataratas.

—Lo sé, pero…

—¿Cómo que lo sabes? ¿Cómo puedes saberlo?

—Quiero decir que lo supongo. Pero en cualquier caso no importa si no podemos llegar al otro lado del abismo.

Se le dilataron las fosas nasales.

—¡Hay un camino para llegar al otro lado, y es saltar!

Me pareció tan ridículo que casi me reí.

—¡No podemos saltar!

—Desgraciadamente, el inspector tiene razón —murmuró Mittenwool, que todavía estaba a mi lado—. Es la única forma de cruzar.

—No vamos a saltar por encima del barranco —dije en voz alta, sin creer lo que estaba escuchando. Que lo dijera el inspector, okey, pero ¿Mittenwool, que siempre se mostraba tan protector conmigo?

—Me he pasado toda la noche buscando un camino más seguro —me dijo mirando hacia el abismo—. No hay forma de cruzar, a menos que bajes la montaña.

Como el inspector Farmer me hablaba a la vez que Mittenwool, sólo escuché la última parte de lo que me decía.

—… aunque tu caballo sea pequeño, puedes saltar.

Miré hacia el otro lado del desfiladero.

—Pe-pero… ¡hasta hace dos días nunca había montado a caballo! —balbuceé.

El inspector Farmer chasqueó la lengua, como si no le estuviera contando nada que no hubiera adivinado. Se acercó a comprobar la cincha de la silla de Poni y la jaló para apretarla. Le acarició los hombros, le frotó las patas de arriba abajo y le palmeó el cuello con admiración.

—Tienes un caballo estupendo, chico —me dijo en un tono más amable que nunca—. Todo irá bien. Los caballos árabes son buenos saltadores.

—¿Árabes?

Se rio entre dientes, como si acabara de contarme un secreto, y montó en su yegua. Me chasqueó los dedos con impaciencia para que hiciera lo mismo. Miré a Poni, que resopló por la nariz, como asegurándome que podía hacerlo.

Mittenwool se había acercado al borde del desfiladero y observaba. Nunca lo había visto tan preocupado, estaba seguro de que iba a decirme que volviera a casa ya. Al fin y al cabo, era lo que había estado diciéndome todo ese tiempo. Y aquí estábamos, a punto de ver todos sus miedos confirmados en un imprudente salto por encima del abismo.

Sin embargo, me miró y dijo:

—Puedes hacerlo, Silas.

Me sorprendió tanto que por un segundo me quedé mudo.

—Poni te llevará al otro lado —me dijo en tono seguro y con los ojos brillantes.

Le sostuve la mirada durante un largo segundo, con las cejas elevadas, y luego negué con la cabeza, sin terminar de creérmelo.

—Bien, de acuerdo —susurré.

—¡Ése es mi chico! —gritó el inspector—. Ahora colócate a mi lado.

Respiré hondo y expulsé el aire lentamente, como si estuviera apagando una vela. Después me subí a la silla. Hacía sólo unos días, apenas podía subir al caballo, y ahora me resultaba el movimiento más natural del mundo.

Di un golpe a Poni con las rodillas para que siguiera a la yegua del inspector Farmer hasta el mirador. Allí, al borde del barranco, dejamos que nuestros caballos lo asimilaran todo: el salto de dos metros, el abismo del desfiladero y el arroyo agitado abajo.

El inspector me dio un codazo.

—Ya me orienté —me dijo mirando hacia el abismo—. Esto de aquí se llama el Hueco. Y el bosque que está frente a nosotros aparece en los mapas como el Bosque Hueco. Arriba de la montaña está Rosasharon, a no más de dos horas de aquí —movió el brazo hacia la izquierda y escupió hacia el abismo—. Conozco al sheriff de allí. Es un buen hombre. Cuando encontremos el camino a la cueva, al otro lado de ese pequeño paso, nos dirigiremos a Rosasharon, reuniremos una patrulla, y por la tarde volveremos con una docena de hombres. ¡Si todo va bien, esta noche Ollerenshaw estará esposado, y tú volverás a estar con tu padre! ¿Te parece bien?

—Sí, señor —contesté.

—Te dije que lo encontraría, ¿no?

—¡Sí, me lo dijo!

En su rostro apareció una sonrisa de satisfacción. Después giró su yegua y volvió a los árboles para tomar vuelo. Lo seguí de cerca.

—Yo saltaré primero —dijo cuando me acerqué a él—. Tú me sigues inmediatamente después. Sin dudar. No hay vuelta atrás. Si dudas, aunque sea un poco, tu caballo se dará cuenta y caerán al fondo del desfiladero. Créeme.

—No dudaré.

—No pasa nada por tener miedo. Pero no dudes o tu caballo se dará cuenta.

—No dudaré.

Me dio una palmada en el hombro con su enorme mano callosa, y fue un gesto tan inesperado que fruncí el ceño sin darme cuenta. Esto le hizo sonreír tanto que por primera vez le vi todos los dientes inferiores, como cuatro guisantes pegados en la parte de abajo de la boca.

—¡De acuerdo, chico! —gritó, muy contento—. ¡Nos vemos en el otro lado!

Chasqueó la lengua, golpeó las riendas y espoleó con fuerza a su yegua, que echó a correr majestuosamente, a todo galope hacia el mirador y recorrió también los diez o doce enormes pasos del mismo. Luego saltó el desfiladero con una especie de desenfreno salvaje. Me alegró y me enorgulleció ver a la yegua del inspector despegar como si volara. Pero cuando aterrizó al otro lado, oí un crujido horrible, casi como un disparo desde el otro lado del abismo. El crujir de un hueso me llegó antes de que mis ojos entendieran lo que estaba pasando. El caballo del inspector Farmer cayó hacia adelante en la roca y lanzó a su jinete por encima del cuello sobre la piedra, donde aterrizó de cabeza y se quedó arrugado como una marioneta. La yegua, que aún no había terminado de caer, resbaló hacia el inspector, con las largas piernas torcidas, y acabó rodando por encima de él. La cascada de ruidos retumbó en el desfiladero. El sonido metálico de las herraduras en la piedra. El rebuzno, como un grito largo y agudo. Seguido de un silencio que temía que me aplastara.

En ese momento no dudé, sino que espoleé a Poni, confié en sus patas y en sus músculos, galopamos a toda velocidad hasta llegar al saliente de la roca, y saltamos por encima del abismo.

SEIS

Ten valor, corazón mío; has pasado
por cosas peores que ésta.

HOMERO
Odisea

1

Mi padre tenía una colección de libros titulada *Historia de la Tierra y naturaleza animada* que me encantaba leer por la noche. Estaba formada por cuatro volúmenes, pero el que más me gustaba era el segundo, que contaba la historia de todos los animales del mundo. Estaba lleno de imágenes luminosas de todas las criaturas imaginables. En el momento en que el inspector Farmer dijo la palabra *árabe*, visualicé la página del libro que decía: «De todos los países del mundo en que los caballos corren salvajes, Arabia produce la raza más hermosa». ¿Cómo no se me había ocurrido antes? Desde el principio Poni me había resultado familiar. Su perfil. El arco de su cuello. El alto porte de su cola. Estaba en el libro, en las imágenes de sus antepasados del desierto. ¿Y pudo saltar? Ni Pegaso habría saltado mejor por encima del abismo, conmigo a horcajadas, deslizándose por los aires con graciosa majestad.

Poni aterrizó fácilmente en el otro lado, sin ni siquiera resbalar ni pegar un brinco. Salté de la silla y me arrodillé junto a la cabeza del inspector Farmer. Respiraba, pero de la boca le salía un hilo de sangre y tenía una pierna doblada en un ángulo antinatural. Me mareé sólo con verlo.

—Inspector Farmer —le grité dándole golpecitos en la cara.

—Hola —me dijo en tono débil, abriendo los ojos—. ¿Cruzaste bien, chico?

—Sí, señor, estoy bien.

—¿Cómo está mi caballo?

Levantó la cabeza para buscar a su animal, que se había puesto de pie, aunque cojeaba. «Una pata delantera rota», pensé. Cuando el inspector Farmer se dio cuenta, soltó una maldición. Y luego volvió a apoyar la cabeza en la roca.

—¿Puedes traerme un poco de agua? —me preguntó.

Me dirigí rápidamente a su yegua, agarré la cantimplora y se la acerqué a la boca. El «agua» le resbaló por los lados de la boca, pero no entró. Me hizo un gesto para que me detuviera, así que eso hice y esperé a que me dijera lo que hacer.

—Bueno, estamos en apuros —murmuró.

—¿Le duele?

Negó con la cabeza y frunció el ceño.

—La verdad es que no. Casi no siento nada.

—¿Qué vamos a hacer?

Respiró hondo para analizar la situación.

—Bueno, no tenemos muchas opciones, chico. Tendrás que ir a Rosasharon a pedir ayuda.

—Puedo hacerlo, seguro.

—Bien. Supongo que al final estuvo bien dejarte venir conmigo.

—¿Qué hago cuando llegue?

—El sheriff se llama Archibald Burns. Hace años que no nos vemos, pero se acordará de mí. Cuéntale lo que me pasó y que Roscoe Ollerenshaw está escondido en una cueva del Hueco, al sur de las cataratas. Él sabrá dónde es. Dile que reúna una patrulla de una docena de hombres y vuelvan aquí hoy, sin falta. ¿Lo recordarás todo?

—Sí, señor —contesté.

—¿Cómo se llama el policía? —me interrogó.

—Archibald Burns.

—¿Y cómo se llama el forajido? A ver si lo recuerdas.

—Ros-coe Olle-ren-shaw —dije.

Consiguió esbozar una débil sonrisa mientras me daba unas palmaditas en el brazo.

—Buen chico.

—Pero ¿va usted a estar bien? —quise saber.

—Ah, ¿yo? Estaré divinamente, chico. No es la primera vez que estoy en un aprieto, te lo aseguro. Ahora deja mi cantimplora aquí, donde pueda alcanzarla, y ponte en marcha.

—Déjeme antes taparlo con una manta —dije.

—¡Estoy bien, chico! No me mimes tanto. ¡Márchate ya!

Asentí, demasiado aturdido para pensar por mí mismo, me subí a Poni y me puse en camino a través del bosque.

2

No recuerdo demasiado de ese viaje. Sólo que mantuve la cabeza pegada al cuello de Poni mientras él cabalgaba por el bosque como si hubiera pasado por allí cientos de veces. Como era un camino empinado, tenía que agachar la cabeza para evitar que las ramas me golpearan, aunque el suelo no era tan denso en este lado del desfiladero. Esto lo recuerdo bien.

Pero no son las circunstancias del viaje lo que más recuerdo, sino mi sensación mientras cabalgaba. La sensación de que lo había hecho antes, como si lo hubiera soñado hace tiempo. Quizás algo en el color de la luz me resultaba familiar. En el sonido de los cascos pisoteando la tierra. Como una tormenta que atraviesa un campo de hierba alta.

Cuando llegué a Rosasharon, no me sentí en un lugar extraño. Quizá porque era una ciudad bastante parecida a Boneville. Edificios de ladrillo. Una tienda de comestibles. Oficina de correos. Una iglesia de tablillas al final de la plaza. Me parecía raro volver a ver a personas vestidas con ropa normal. Debí de parecerles un vagabundo cuando recorría la calle principal con mi ropa cubierta de barro. Por suerte, no me costó encontrar la cárcel del condado, escondida entre la cantina y el juzgado, un edificio de dos pisos.

Até a Poni a un poste y atravesé la gran puerta blanca de la oficina del sheriff. El único representante de la ley que estaba en aquella sala me recibió con sorpresa y curiosidad.

—¿Es usted Archibald Burns? —le pregunté con cierta gravedad, desconocida para mí hasta entonces, porque, aunque sólo habían pasado cuatro días desde la marcha de mi padre, era como si en ese tiempo hubiera crecido un año y un día.

El hombre sentado detrás de la mesa, con los pies cruzados encima de un montón de papeles, no sabía qué pensar de mí y de mi intrusión.

—¿Qué demonios? —exclamó—. ¿Y tú quién eres?

—Soy Silas Bird —le contesté rápidamente—. El inspector Enoch Farmer me envía a buscar a Archibald Burns. Tengo que hablar con él ahora mismo, por favor.

El hombre, que era joven y delgado, iba bien afeitado y tenía una mata de pelo castaño y rizado, se inclinó hacia adelante en su silla.

—¿Quién es Enoch Farmer?

—Es inspector de policía de Estados Unidos. Oiga, no puedo perder el tiempo —dije—. El inspector Farmer se cayó del caballo y está gravemente herido. Quería llegar aquí para reunir una patrulla, porque encontró la guarida de Oscar Rollerensh junto a las cataratas —por alguna razón, con las prisas fui incapaz de decir bien el nombre.

Pensé que esta información conseguiría que el joven policía que estaba detrás de la mesa se decidiera a hacer algo, o al menos a darme una respuesta. Pero me miró como si mis palabras tuvieran mucho menos sentido de lo que a mí me parecía.

—¿De Oscar Rollerensh…? —me preguntó por fin—. ¿Te refieres a Roscoe Ollerenshaw?

—¡Sí! —contesté, muy nervioso.

—¿Junto a las cataratas? —repitió.

—¡Sí! —exclamé, exasperado—. Mire, ¿puede ir a buscar a Archibald Burns, por favor? El inspector Farmer me dijo que hablara con él. Tenemos que reunir un grupo de veinte hombres y atacar la guarida de Roscoe hoy.

—Atacar la guarida de Roscoe Ollerenshaw —repitió el hombre mirándome como si estuviera loco—. Mira, amiguito, he oído hablar de Roscoe Ollerenshaw, por supuesto. No conozco a ningún policía que no haya oído hablar de él. Pero nunca he oído hablar del inspector Enoch Farmer. Y Archibald Burns era el sheriff antes de que yo llegara, pero murió hace unos cinco años.

3

Las noticias sobre Archibald Burns no me sorprendieron tanto como cabría pensar. El inspector Farmer me había advertido de que hacía muchos años que no se veían. Pero me preocupé, porque no creía que el joven sheriff que tenía ante mí, con su pelo rizado y sus mejillas llenas de hoyuelos, estuviera a la altura de la tarea que tenía por delante.

—Bueno —dije—, no importa lo de Archibald Burns. Lo que importa es que tiene que reunir una patrulla rápidamente.

Movió la cabeza muy despacio y por fin se levantó, agarró un sombrero de fieltro y pareció dudar si ponérselo o no. Era más alto de lo que había creído y llevaba una placa de hojalata abollada en la camisa.

—Mira, Silas —me dijo—. Me dijiste que te llamabas Silas, ¿verdad? Silas, parece que has pasado por muchas dificultades, y quiero saberlo todo sobre ese inspector Farmer y cómo encontraron a Roscoe Ollerenshaw, que es un fugitivo por el que ofrecen una gran recompensa. Pero ¿por qué no te sientas, comes algo y luego ya mantendremos una larga y agradable conversación?

—¡No tengo tiempo para largas conversaciones! —le grité, y sentí que la garganta se me tensaba—. El inspector Farmer está herido. Tiene la pierna destrozada. Debemos volver a buscarlo. No hay tiempo que perder.

En ese momento, otro policía entró y me vio enfrentándome al hombre alto.

—Desimonde, ¿qué está pasando aquí? —preguntó acariciándome la cabeza al pasar para sentarse junto al escritorio del hombre de pelo rizado. Me miró, divertido. El aliento le olía a cerveza—. ¿Quién es este niño?

—Dice que lo envió un inspector de policía de Estados Unidos —contestó el de pelo rizado—. Enoch Farmer. ¿Te suena de algo ese nombre?

—No.

—Quiere que reunamos una patrulla.

—¿Para qué demonios?

—Dice que sabe dónde está Roscoe Ollerenshaw.

—¿Roscoe Ollerenshaw?

—¡No tenemos tiempo para charlas! —grité levantando las manos.

—Mira, Silas —me dijo entonces el de pelo rizado—. Soy el sheriff Chalfont, y él es mi ayudante, Beautyman. Te ayudaremos en lo que podamos, pero tienes que ir más despacio y contarnos tu historia, de principio a fin. Quién eres. Cómo llegaste hasta aquí. Y qué necesitas de nosotros. ¿De acuerdo? Despacio y con tranquilidad. Siéntate en esta silla y empieza por el principio.

Sentí que, si en ese momento bajaba la guardia, me echaría a llorar. Estaba muy cansado, tenía mucha prisa y en las últimas horas el tiempo se me había acelerado. Había dado vueltas a mi alrededor como la crecida de un río, y temía que el torrente me arrastrara y me llevara al mar. El sheriff Chalfont me decía que me agarrara a algo, que debía descansar del diluvio. Y yo quería desesperadamente aferrarme a él.

Así que me senté y le conté lo que pude, menos lo de Mittenwool, los fantasmas del pantano y el hecho de que, paseando por esa habitación, detrás de él, había una elegante joven, de unos veinte años, tapándose con las dos manos una herida en el pecho, que estaba cubierto de sangre.

Cuando terminé, el sheriff Chalfont no dijo nada, sino que dejó que su mente pudiera asimilar mis palabras. Por su parte, el ayudante Beautyman, que había sacado un paquete de tabaco de mascar, se rio disimuladamente mientras lo mascaba.

—Vaya, tremendo montón de tonterías —se burló chasqueando la boca—. Vamos, hijo. Seguro que puedes contarnos más fábulas.

—Nada de lo que le he contado es una fábula —dije dirigiéndome al sheriff Chalfont. Ni siquiera miré al ayudante, por el que sentí una aversión inmediata.

—¡Ay, vamos! —me desafió Beautyman—. ¿Quieres que creamos que fuiste a perseguir a los hombres de Roscoe Ollerenshaw tú solo? ¿Cuántos años tienes? ¿Seis?

—¡Tengo doce! Y no, no fui solo exactamente —le contesté—. Sabía que el poni conocería el camino porque había venido con esos jinetes por el bosque, los que se presentaron en nuestra casa y se llevaron a mi padre. Así que sabía que él me llevaría hasta ellos.

—¡Ah, sí, persecución gracias a un poni mágico! —dijo el ayudante Beautyman en tono sarcástico, asintiendo con una gran sonrisa en el rostro que me habría encantado borrarle. Después dio un codazo al sheriff, que me escuchaba con los brazos cruzados—. Dime, Desimonde, ¿por qué no llevamos ponis mágicos en nuestras persecuciones?, ¿eh?

A estas alturas estaba muy enojado. No sólo con el ayudante, por supuesto, sino también conmigo mismo por haber sido tan idiota como para hablarles del papel de Poni en lo acontecido. ¡Debería haberlo pensado mejor! ¿Cuántas veces más tengo que pasar por lo mismo para aprender que la mayoría de los adultos no quiere oír lo que no quiere saber?

—¡En ningún momento he dicho que mi caballo fuera mágico! —dije con la rabia atascada en la garganta—. Sólo que sabía que seguiría el rastro hasta el lugar de donde había venido. Era una suposición lógica. ¡Y resultó ser correcta! Porque aquí estoy, ¿no? Y puedo llevarlos ahora mismo a una cueva oculta justo encima de las orillas de un arroyo, en la que una banda de falsificadores está llevando a cabo sus operaciones. Está a menos de dos horas a caballo de aquí, prácticamente delante de sus narices. ¿No quieren atraparlos? ¿Qué policías son ustedes? ¿O le da miedo que le guíe un poni mágico, ayudante Beautyman?

Bueno, al ayudante Beautyman no le gustaron mis palabras en absoluto, pero el sheriff Chalfont bajó la mirada y sonrió. Se puso el sombrero y le dio una palmada en el brazo a su ayudante.

—Parece que te superó un niño de seis años, Jack —bromeó.

—¡No tengo seis años! —grité.

El sheriff Chalfont me señaló con la sonrisa aún en los labios.

—Mira, Silas. Estoy contigo, de verdad, pero vas a tener que dejar de gritarnos, ¿de acuerdo? ¡Iremos contigo! Así que cálmate. Y no te pases con el viejo Jack. Es más amable de lo que has visto y más inteligente de lo que parece, te lo prometo.

Me bajó el sombrero hasta los ojos, agarró un par de cantimploras llenas de agua y me ofreció un trozo de carne seca.

—Come algo mientras preparamos los caballos. Nos vemos en la puerta. Vamos, Jack.

Se marchó de inmediato, y el ayudante Beautyman, suspirando teatralmente, entrecerró mucho los ojos en un gesto siniestro. Y después, por extraño que parezca, me sacó la lengua y salió detrás de su jefe.

4

Al pensar ahora en todo ello, me he dado cuenta de que veo muchas conexiones que en su momento no podía ver. Es uno de los trucos de la memoria: que vemos algunos de los hilos invisibles que nos unen, pero sólo con posterioridad. Tiempo después descubriría más cosas sobre el sheriff Desimonde Chalfont, cómo vivía y qué tipo de hombre era. Pero mientras cabalgábamos por el bosque en dirección a las cataratas, lo único que sabía era que me caía bien. Confiaba en él. Y eso bastaba, de momento.

No puedo decir lo mismo del ayudante Beautyman. Me preguntaba cómo ese patán podía ser policía. Cada vez que me miraba, era sólo para hacer bromas a mi costa. Aun así, los mendigos no pueden elegir, como dicen, y él y el sheriff Chalfont eran los únicos con los que podía contar. A pesar de mis protestas, el sheriff se había negado a reunir una patrulla hasta haber hablado con el inspector Farmer y evaluado la situación de Roscoe Ollerenshaw en la cueva.

Así que cabalgamos como demonios por el bosque hasta las cataratas, cuesta abajo todo el tiempo. Había empezado a llover, lo que hacía que el camino estuviera mucho más resbaladizo, pero Poni avanzó entre los árboles sin miedo y sin dudar. El sheriff Chalfont montaba un gran semental blanco, majestuoso como una pintura, y el ayudante Beautyman iba en una yegua parda y musculosa a la que llamaba Petunia. Detrás de él seguía un cuarto caballo para el inspector Farmer, un animal peludo y robusto. Pero ninguno de aquellos grandes caballos pudo seguir el ritmo de mi Poni mientras galopaba por el bosque. El sheriff tuvo que llamarme varias veces para que redujera la velocidad, y al final me gritó:

—¡Para! ¡Para! ¡Para, Silas!

Giré a Poni y vi que el ayudante Beautyman se había caído al barro desde la silla de Petunia. Aunque no se había hecho daño, estaba furioso como un gato… ¡conmigo!

—¡Desimonde, tienes que decirle a ese chico que deje de cabalgar como un loco! —le gritó al sheriff expulsándose la porquería de los hombros mientras se levantaba. No estaba en forma, por decirlo suavemente, y cubierto de barro como estaba, parecía un oso mojado.

—Quizá tendría usted que utilizar un poni mágico —comenté con frialdad.

—¡No es culpa mía que el maldito caballo no pueda seguir el ritmo! —me replicó.

—Basta ya —gruñó el sheriff Chalfont chasqueando los dedos—. Vamos, Jack, date prisa —luego se colocó a mi lado y me dijo en voz baja, aunque en tono serio—: Silas, tienes que ir más despacio. No nos conviene lastimarnos antes de llegar a nuestro destino.

Hice una mueca solemne y observé al ayudante Beautyman subiéndose a su caballo. Quizás en ese momento incluso sentí una punzada de remordimiento.

—¿Y qué clase de apellido es Beautyman? —pregunté.

—Uno para un hombre guapo —refunfuñó. Me contestó tan rápido que entendí que se lo debían de haber preguntado cien veces.

Una vez que hubo vuelto a montar, me aseguré de que Poni avanzara por el bosque a un ritmo más razonable. Llegamos al saliente sobre las cataratas aproximadamente una hora después. Había dejado de llover, pero el aguacero había empapado el suelo hasta el mirador. Que estaba vacío.

5

A lo largo de mi vida me he acostumbrado a todo tipo de misterios, sin duda. Uno de ellos, crecer con un compañero al que nadie más que yo podía ver. Otro, tener visiones y escuchar voces de personas que ya no viven en este mundo. El tercero, que me cayera un rayo y pudiera vivir para contarlo. Así que supongo que, aunque soy joven, he aprendido a contar con cierto nivel de incertidumbre en la vida.

Pero no estaba preparado para que el inspector Farmer no estuviera donde lo había dejado. Había contemplado la posibilidad de que muriera en aquel saliente rocoso antes de que yo volviera, sí. Pero ¿que se marchara sin dejar señales que indicaran adónde había ido? Ése era un misterio para el que no estaba preparado.

—¿Estás seguro de que lo dejaste aquí? —me preguntó el sheriff Chalfont en tono tranquilo desde lo alto de su caballo.

Me había bajado de Poni y daba vueltas por el mirador, donde apenas cuatro horas antes había dejado al hombre herido.

—¡Sí! —le contesté—. ¡Lo dejé exactamente aquí!

Debo decir en favor del ayudante Beautyman que se había bajado de su yegua y se había puesto a buscar entre los arbustos cercanos a la pared rocosa.

—¿Y su caballo?

—Estaba justo donde está usted ahora —le contesté.

El ayudante Beautyman se agachó para inspeccionar el suelo y miró unos metros a su alrededor en todas las direcciones. Movió la cabeza.

—Aquí no hay ni rastro. La lluvia lo arrasó todo.

—¡Se lo juro, sheriff Chalfont! —dije dando una patada al suelo—. Dejé al inspector Farmer aquí.

Él asintió.

—Te creo, Silas —contestó mirándome fijamente.

—¿Estás pensando que los hombres de Ollerenshaw se lo llevaron? —le preguntó el ayudante Beautyman.

El sheriff Chalfont frunció el ceño.

—O eso, o se marchó en su caballo cojo. ¿Puede haber sido eso, Silas?

—Supongo que sí —contesté, estupefacto—. Bueno, es un viejo duro.

—Vamos, súbete a tu poni —me dijo el sheriff—. Muéstranos dónde viste esa cueva de la que nos hablaste.

Miré hacia el mirador del otro lado del abismo.

—Tendríamos que saltar al otro lado —le contesté.

—Espera. ¿Saltaste eso? —me preguntó el ayudante Beautyman mirando por encima del borde del desfiladero con incredulidad—. No, no es posible. No, no es posible, Desi.

—¿Por qué iba a mentir? —contrataqué.

—¿Por qué mintió el chico que gritaba que venía el lobo? Porque era un enano mentiroso. Por eso.

—¡No estoy mintiendo!

—Dile que hay un camino detrás de las cataratas —me dijo Mittenwool apareciendo de la nada. De hecho, me asustó, porque no lo había visto acercarse—. ¡Perdona, no pretendía asustarte!

—Hay un camino detrás de las cataratas —le dije al sheriff recuperando el aliento.

—Bajé a la cueva para ver cuántos hombres había ahora —me explicó Mittenwool.

—Puedo llevarlos hasta la cueva, sheriff —seguí diciéndole en tono vehemente.

—Desimonde —le advirtió el ayudante Beautyman mirándome con recelo, porque me había visto jadear cuando Mittenwool me asustó—. Algo va mal, te lo digo. Si lo que dice este chico es cierto, y no estoy seguro de que sepa lo que es cierto y lo que no, pero si lo que dice sobre la cueva es cierto, podría haber una docena de hombres dentro. Sólo somos dos, por si no te has dado cuenta —escupió un poco de tabaco al suelo, como para enfatizar lo que acababa de decir.

—En la cueva hay siete hombres —me dijo Mittenwool.

—¡Sólo hay siete hombres en la cueva! —exclamé.

—¿Y cómo demonios lo sabes? —me preguntó el ayudante Beautyman.

—Me lo dijo el inspector Farmer —mentí.

—Este chico está fatal, Desi. ¡Te lo digo! —insistió el ayudante.

—¡Le juro que puedo llevarlos a la cueva! —grité.

Ambos mirábamos al sheriff Chalfont, esperando a que hablara, pero no iba a hacerlo hasta que estuviera listo. Estaba claro. Era uno de esos hombres que escuchan con atención y no pierden la compostura. Como mi padre.

—Escúchame, Desi… —empezó a decir el ayudante.

—Espera, Jack —lo interrumpió el sheriff levantando la mano—. Creo que Silas está diciendo la verdad. Pero lo más importante es que, tanto si dice la verdad como si no, estamos metidos en esto. Estamos aquí —sacó un rifle de la funda y lo colocó encima de la silla de montar—. Así que vamos a ir a echar un vistazo, ¿de acuerdo? Antes que nada, me gustaría ver a qué nos tenemos que enfrentar —se montó en su caballo.

—Pero ¿y si nos encontramos con doce francotiradores en la cueva? —preguntó el ayudante en tono escéptico.

—¡Tendremos que hacer lo que siempre hemos hecho, Jack! —le contestó alegremente el sheriff—. O disparar y no fallar o correr muy rápido. Nos funcionó en el río Grande, ¿verdad?

—Acabamos en la cárcel, si no recuerdo mal —murmuró el ayudante montando en su caballo pardo.

—Sí, pero ¡seguimos vivos, socio! —le dijo el sheriff riéndose—. ¡Y al final eso es lo que importa!, ¿no? —dicho esto, se giró hacia mí, todavía riéndose, y gritó—: ¡Vámonos ya, Silas! ¡Llévanos a esa cueva escondida en tu poni mágico!

SIETE

Desde allí salimos y vimos las estrellas.

DANTE ALIGHIERI
Infierno

1

Cuenta la historia que mi padre conoció a mi madre en el taller de un grabador, en algún lugar de Filadelfia. Ella fue a encargar el diseño de su invitación de boda y él trabajaba allí como tipógrafo y le asignaron la tarea de imprimir la invitación. Mi madre le dijo a mi padre las palabras que tenían que aparecer en la invitación, incluido su nombre, que era Elsa. Pero mi padre se dio cuenta de la expresión triste de sus ojos cuando le dijo el nombre de su prometido, y eso le conmovió. Sin embargo, como había ido con su madre, no podía entablar una conversación amable con ella ni hacerle preguntas indiscretas. Según cuenta mi padre, después de que mi madre se hubiera marchado del taller, él no podía dejar de pensar en la hermosa joven llamada Elsa ni en la melancolía de sus ojos.

Tardó tres días en diseñar las planchas y configurar la tipografía, pero como mi madre había elegido la impresión en tinta plateada, que era un lujo incluso para los ricos, fue en carruaje a su finca para que le diera su aprobación. Sólo pretendía volver a verla, sin duda, pero fue una buena idea, y cuando llamó a la gran puerta de madera de su casa, se alisó el pelo con las manos y se ajustó la corbata. En aquel momento, mi padre tenía poco más de treinta años y había llevado una vida de trabajo, esfuerzo y poco amor, así que sus sentimientos lo sorprendieron, porque se había creído insensible a la llamada de su corazón. El mayordomo lo dejó entrar y le dijo que esperara en una sala decorada con retratos de cuerpo entero en marcos de oro ornamentados. Mi padre se sentó en un sofá de terciopelo rojo. En una mesita con patas talladas con cabezas de león había un libro diminuto, que tomó y abrió por una página compuesta toscamente en tipo Garamond.

Como ya he comentado, mi padre tiene una memoria prodigiosa y le basta con echar un vistazo a una página para recordar su contenido con todo detalle. Cuando mi madre entró en la sala, se puso de pie, con el libro cerrado en sus manos, y recitó lo siguiente:

¡Oh, alegría! ¡Oh, maravilla y deleite! ¡Oh, misterio sagrado!
¡Mi alma es un espíritu infinito! ¡Una imagen de la deidad!

Mi madre se quedó encantada, por supuesto.

—¿Conoce la obra de Anónimo de Ledbury? —le preguntó.

Mi padre sonrió y negó con la cabeza.

—En absoluto —le contestó abriendo el libro que tenía en las manos—. Aunque su tipógrafo deja mucho que desear.

(Cuando mi padre cuenta esta historia, en este punto levanta la mano y la mueve para describir cómo le temblaban los huesos. Dice que nunca en toda su vida había visto brillar tanta bondad en una persona como vio en mi madre, como si fuera un recipiente de vidrio lleno de luz brillante.)

Ella se sentó en el diván verde oscuro con orquídeas amarillas bordadas, frente al sofá rojo en el que se había sentado mi padre, y sonrió. Mi padre observó un hoyuelo en su mejilla izquierda, que yo heredé.

—El año pasado mi familia pasó el verano con unos amigos en Herefordshire —le dijo mi madre—, y allí los trabajadores que estaban remodelando el sótano encontraron un tesoro de manuscritos olvidados, incluidas las obras de un poeta desconocido. Me sentí muy identificada con este poema en concreto. Se titula «Mi espíritu». Mi anfitrión tuvo la amabilidad de encargar que compusieran y encuadernaran una copia sólo para mí.

—Bonito detalle —admitió mi padre.

—El poema me habla —dijo ella—. He estado leyendo mucho sobre el espíritu desde que mi hermano menor falleció de escarlatina la primavera pasada.

—Siento mucho su pérdida.

—Gracias. ¿Le gusta la poesía, señor Bird?

Mi padre me dijo que en ese momento fue muy consciente de su ropa de trabajador, tan gris y monótona entre los coloridos muebles. También sintió que su pregunta era una forma de saber de él. No por juzgarlo, sino por curiosidad.

—No soy aficionado a la poesía religiosa, no —le contestó con sinceridad.

—¿Cree que la espiritualidad es una religión? —contratacó mi madre, juguetona.

—Sólo quiero decir que no doy mucha importancia a ninguna filosofía que dé crédito a la idea de una vida después de la muerte, a espíritus o cosas así. Soy un hombre que sólo cree en lo que puede ver, tocar y oler. Quizá sea una locura. No quiero faltarle al respeto.

Mi madre pareció melancólica.

—Para nada. ¿Quién puede decir qué es una locura? Lo único que sé es que he leído mucho al respecto, y me atrevería a decir que creo que algo hay. «Todas las cosas se transforman, nada muere; y aquí y allá vuela el espíritu incorpóreo», como dijo Dryden.

—Creo que fue Ovidio —le dijo mi padre en tono amable.

—¡No, señor!

—Es una traducción. Me apostaría cualquier cosa.

Mi madre se rio.

—¡Oh, Dios mío! ¡Seguramente tenga razón!

—¿Conoce éste? —dijo él—. «Venciéndome con la luz de su sonrisa, me dijo: gírate y escucha, porque no sólo en mis ojos está el paraíso.»

—No.

—Dante.

—Me ha superado.

—No, de ninguna manera.

—¿De dónde es usted, si me permite la pregunta? Creo notar cierto acento.

—Nací en Leith. Cerca de Edimburgo.

—¡Escocia! ¡También estuvimos allí el verano pasado! —le contestó mi madre, encantada—. Me gustó muchísimo. Qué hermoso país. Debe de echarlo de menos.

—Lo conozco muy poco, si le soy sincero —no le dijo: «Porque crecí en una familia pobre». Esto, y mucho más, se lo contaría más tarde—. Cuando tenía doce años, me metí de polizón en un barco, y aquí estoy.

Mi madre lo miró fijamente.

—Aquí está.

Le brillaron tanto los ojos que mi padre, que era un hombre tranquilo por naturaleza, aunque no tímido, se quedó sin palabras.

—He traído las pruebas de su invitación de boda —dijo con torpeza.

—Ah, sí, por supuesto. Mi madre bajará a verlas conmigo —contestó ella, y de repente su tono adquirió el desapego del primer día—. Fuimos a Herefordshire a ver a su familia —añadió suspirando—. La del hombre con el que voy a casarme.

—Oh —dijo mi padre—, pero no se casará con él. Estoy seguro.

Dice que las palabras le salieron solas, sin dudarlo. Pero no se equivocó.

Él y mi madre se casaron tres meses después. Fue todo un escándalo para la familia de ella. Su padre azuzó a sus perros de caza contra mi padre la primera vez que fueron a visitarlos después de su discreta boda, pero él sólo tuvo que silbar para que los sabuesos se detuvieran y empezaran a lamerlo, lo que hizo que su suegro perdiera aún más los estribos. A mi madre le dolió tanto cómo trataron a mi padre que decidió no volver a entrar en aquella casa nunca más. Sólo se llevó una cosa: su violín bávaro.

Mi abuelo, decidido a poner fin a su matrimonio, recurrió a sus contactos en Filadelfia para que despidieran a mi padre del taller de grabado. Es más, empezó a investigarlo con la policía local, a la que presionó para que inventara todo tipo de mentiras sobre él. Así que mi padre y mi madre decidieron ir al oeste y empezar una nueva vida en California. Él abriría un estudio de daguerrotipos y ella plantaría un jardín de orquídeas cerca del mar.

Llegaron a Columbus sin saber que pronto un bebé se uniría a ellos en sus aventuras, así que compraron una pequeña parcela de tierra en las afueras de Boneville, en un lugar lo más alejado posible de la intromisión de los vecinos. Allí construyó mi padre la casa para mi madre.

Para mí, es la mejor historia de la historia de las historias, y le he pedido a mi padre que me la cuente al menos cien veces, porque me gusta visualizarlo todo. El sofá de terciopelo rojo. Mi padre moviéndose nervioso. Los tiernos ojos de mi madre.

Hay historias de las que no nos separamos en tiempos de oscuridad, y ésta es la mía.

2

Mittenwool caminaba delante de mí mientras conducía a Poni al otro lado de la roca, donde descendía hacia las cataratas. El sheriff Chalfont me seguía, y el ayudante Beautyman iba detrás de él. A medida que nos acercábamos a la cascada, el rugido se volvía tan fuerte que no oíamos ni los cascos de los caballos ni nuestras voces. Incluso mis pensamientos parecían amortiguados.

Cuando llegamos a las cataratas, el aire había pasado de húmedo y brumoso a un constante rocío de agua, una especie de lluvia lateral. Ahora la cascada sonaba como un trueno. «Así debe de sonar el océano», pensé, y después me pregunté de dónde venía toda esa agua. Seguramente de algún pequeño manantial a kilómetros de distancia que serpenteaba montaña abajo. Costaba creer que un goteo tan pequeño pudiera llegar a convertirse en algo tan grande, aunque estoy seguro de que mi padre diría que así es como empieza todo en el mundo: con un goteo. El goteo de una idea. El goteo de la lluvia en una bellota. «Sólo el amor y el relámpago llegan de golpe.» (Recuerdo que lo dijo una vez, aunque no recuerdo por qué lo dijo.)

Mittenwool se detuvo y se giró.

—Desde aquí todo es cuesta abajo —me dijo señalando un camino entre los arbustos—. Deberían dejar los caballos, Silas. Es bastante empinado.

—Deberíamos dejar los caballos aquí —dije, y al ver que el sheriff Chalfont se llevaba la mano a la oreja, lo repetí más alto. Me bajé de Poni, lo até a un arce joven y observé que los dos policías hacían lo mismo que yo. El ayudante le dio a su caballo un rápido beso en el hocico y me frunció el ceño al verme mirándolo.

—Ve tú delante, enano —me ordenó, y yo me giré y seguí a Mittenwool por el camino. Ellos, a su vez, me siguieron.

Me conmovía y me complacía que estos dos hombres confiaran tanto en mí en aquel momento, y me preguntaba cómo se sentirían si supieran que en realidad el que iba a la cabeza era un fantasma. Aunque no era necesario que lo imaginara. Sabía cómo se sentirían.

3

El camino hacia el arroyo estaba oculto detrás de una espesa maraña de árboles que literalmente se balanceaban al borde del desfiladero. Era como si un monstruo gigante hubiera mordido la ladera de la montaña. Al otro lado había una pared de roca cubierta de arbustos y raíces. Enredaderas cafés empapadas se entrecruzaban entre los árboles y la pared como una telaraña, así que tuvimos que zigzaguear para esquivarlas hasta llegar al borde.

Seguí a Mittenwool, mientras él, descalzo como siempre y mordiéndose el labio, concentrado, encontraba el mejor camino por la ladera de la montaña. Yo avanzaba con cuidado entre sus pisadas procurando no mirar más allá del borde y concentrándome sólo en el camino que tenía delante. Era de pocos metros de ancho, lo suficiente para un caballo de pies firmes, por lo que deseé estar montando a Poni, en lugar de chapoteando en el barro. Unos seis metros más abajo, el camino giraba bruscamente, y de nuevo otros seis metros más abajo, hasta que llegamos a un gran terreno despejado. Era la parte interior de las cataratas, un punto detrás de la cascada a través del cual veíamos el agua cayendo ante nosotros como un río desde el cielo. Estábamos empapados y no oíamos nada.

Mittenwool me indicó que lo siguiera por el último tramo del camino, al otro lado de la caverna, pero al mirar hacia atrás me di cuenta de que el ayudante Beautyman jadeaba. Estaba pálido y pensé que era mejor dejarlo recuperar el aliento. El sheriff Chalfont tomó nota de mi gesto, ya que sutilmente me mostró su aprobación, como si compartiéramos una confidencia. Luego se acercó a mí y quiso preguntarme algo, que no pude oír, así que me lo preguntó por gestos: movió dos dedos sobre la palma de su otra mano, como si caminaran, y alzó los hombros.

—Veinte minutos más y habremos llegado —me dijo Mittenwool.

Levanté las dos manos hacia el sheriff y extendí los dedos dos veces.

Él me indicó que me había entendido y luego hizo un gesto para que siguiéramos adelante. El ayudante, todavía jadeando, tomó aire y asintió enérgicamente, como si estuviera listo. Emprendimos la última parte del camino.

En ese momento me di cuenta de que lo que me daba miedo no eran las alturas, sino las cornisas. Lo que me aterraba era la sensación de estar al borde de un precipicio. Porque, aunque ahora estábamos a sólo catorce o quince metros por encima del Hueco, el otro lado del camino era un gran precipicio. Sólo de pensarlo sentía que iba a tambalearme y a caer, así que no podía evitar pegarme a la pared mientras avanzaba. Vi que el sheriff iba justo detrás de mí, ágil y sin miedo.

Pero no vi al ayudante Beautyman hasta que llegué al fondo del arroyo y miré hacia atrás. Como yo, debía de tener un miedo terrible a las alturas o a las cornisas, porque el pobre hombre tenía los brazos estirados, como si intentara abrazar la ladera de la montaña. Arañaba con los dedos la pared rocosa, presionaba una mejilla contra la piedra y avanzaba por el camino arrastrando los pies, centímetro a centímetro. Era doloroso y cómico a la vez, pero en ese momento me dio lástima, porque yo acababa de pasarla muy mal en ese saliente rocoso.

Cuando estuvimos los tres en la base de las cataratas, regresamos al punto en el que el promontorio, como la proa de una barcaza, dividía el arroyo en dos cataratas que discurrían a ambos lados. Había un gran saliente, y cuatro o cinco metros bajo él, se veía un pequeño prado. Parecía una isla etérea bajo un resplandeciente techo de piedra. En él había seis caballos pastando tranquilamente la hierba que crecía en abundancia entre las rocas lisas y planas. Allí estaba el caballo moteado de Rufe Jones. Y el gran caballo negro que se había llevado a mi padre.

4

En cuanto vi cómo el sheriff Chalfont se ocupaba de la situación, entendí que mi primera impresión sobre él había sido precipitada. Había creído que su carácter de niño bueno implicaba que era demasiado dócil para la tarea que tenía entre manos. A decir verdad, deseé que el ataque contra Roscoe Ollerenshaw lo dirigiera el inspector Farmer, que era puro fuego. Me pareció que el sheriff no estaba capacitado para algo así. ¡Qué equivocado estaba!

En el momento en que vimos los caballos, alzó el rifle a la altura de los ojos y me indicó que me quedara atrás. Hizo un gesto con el dedo a su ayudante, que también había sacado el rifle, salieron con cuidado de los arbustos y se dirigieron hacia los animales. Rodearon la zona hasta que estuvieron seguros de que no había nadie. Estaban sólo los seis caballos, sin ataduras y con bridas, pero sin ensillar. Las sillas de montar se hallaban amontonadas en el suelo. Habían formado una puerta improvisada con palos atados con cuerda al pie del camino, de modo que los animales no tenían adónde ir, a menos que cruzaran uno de los canales de los lados.

—¿A qué distancia de aquí está la cueva? —me preguntó el sheriff Chalfont, bajando su rifle.

—A menos de un kilómetro por el arroyo —contesté.

—A un kilómetro y medio —me corrigió Mittenwool.

—Puede que a un kilómetro y medio —añadí rápidamente—. Estábamos arriba, a ese lado del abismo, así que es difícil saberlo desde aquí. El arroyo se curva tan abruptamente que no ves la cueva hasta que estás delante.

El sheriff Chalfont asintió.

—¿Alguno de éstos es el caballo del inspector Farmer? —me preguntó.

Negué con la cabeza. Ya había buscado su melancólica yegua café, pero no estaba.

—Ése con manchas es el que trajo Rufe Jones —dije—. Y éste negro grande es el que montó mi padre —le di unas palmaditas en el cuello pensando en aquella noche que ahora me parecía tan lejana.

—Cuéntanos otra vez por qué se llevaron a tu padre —me dijo el ayudante Beautyman de mal humor metiéndose otro pellizco de tabaco en la boca.

Su petición me molestó, porque ya había escuchado toda la larga historia antes, cuando la había relatado.

—No lo sé —le contesté—. Como les dije antes, creían que era otra persona.

—¿Quién creían que era? —me preguntó.

—No importa, ¿verdad?

—Claro que sí.

—Un tal Mac Boat.

Al oírlo, el sheriff Chalfont se giró hacia mí.

—¿Mac Boat? —exclamó—. Eso no nos lo dijiste.

—No pensé que fuera importante —mentí—. ¿Por qué? ¿Han oído hablar de él?

—Todo el mundo ha oído hablar de Mac Boat.

—Yo nunca había oído hablar de Mac Boat.

—¿Cómo dijiste que se llama tu padre? —me preguntó.

—Martin Bird. Es fabricante de botas —le contesté.

Los dos hombres me miraron y asintieron sin decir nada.

—También es colodiotipista —añadí—. Es un tipo de fotografía que utiliza papel recubierto de sales de hierro para hacer una imagen a partir de un negativo. El inspector Farmer creía que quizá los falsificadores querían emplear este método para imprimir su dinero falso.

No era exactamente la verdad, porque eso era lo que creía yo, no el inspector Farmer, pero sonaba más convincente si lo presentaba como idea suya.

Los dos siguieron mirándome sin hacer ningún comentario ni preguntarme nada. Sabía lo que estaban pensando.

—Mi padre no es Mac Boat —les aseguré.

5

El sheriff Chalfont me dio unas palmaditas en el hombro.

—Nadie dice que lo sea, Silas —dijo.

Beautyman escupió.

—Estoy seguro de que él lo piensa —murmuré acusadoramente mirando al ayudante.

—¡Lo que yo piense no es asunto tuyo! —exclamó, y volví a odiarlo. Ese hombre me sacaba de mis casillas.

—Mira, la verdadera pregunta —dijo el sheriff Chalfont en su habitual tono tranquilo— es ¿qué hacemos ahora? ¿Volvemos a Rosasharon y reunimos una patrulla? ¿O intentamos sorprender a los hombres de la cueva y arrestarlos? Jack, ¿tú qué crees?

El ayudante Beautyman se rascó un lado de la cara y frunció el ceño.

—No podemos sorprenderlos si saben que vamos a llegar —le contestó de inmediato—, y deben saberlo si hablaron con el inspector. El hecho de que su caballo no esté aquí con los demás no es relevante. Si el caballo estaba cojo, le dispararían y lo tirarían al arroyo. Por lo que sabemos, podrían haberle hecho lo mismo al inspector.

—En ese caso, no encontraríamos a nadie en la cueva —le contestó el sheriff—. Ollerenshaw habría recogido sus cosas y se habría marchado pensando que la policía estaba en camino. El ayudante Beautyman estuvo de acuerdo y escupió.

—Y si no han encontrado a Farmer, la cosa cambia totalmente —siguió diciendo el sheriff—. Siete contra dos, y nosotros contamos con el factor sorpresa.

—Suponiendo que el chico tenga razón en que son siete —dijo el ayudante.

—La tengo —dije.

—¿Por qué sigo teniendo la sensación de que intentas engañarnos? —me gruñó.

—¡No lo sé! —grité evitando mirar a Mittenwool, que estaba a su lado.

—Si estás metiéndonos en una especie de emboscada… —me amenazó el ayudante tocándome el hombro.

—¿Por qué iba a meternos en una emboscada? —intervino el sheriff.

—¡No lo sé! Pero sé cuándo alguien no está siendo sincero conmigo.

—Vamos, Jack —lo regañó el sheriff—. Tenemos que tomar una decisión. ¿Reunimos una patrulla o vamos nosotros dos por Ollerenshaw? ¿Qué prefieres?

—Lo que preferiría ahora mismo sería estar en la ciudad comiéndome un gran pollo asado y bebiéndome un tarro de cerveza —le contestó el ayudante con los ojos desorbitados—. ¡Eso preferiría, Desi! Pero si me preguntas qué creo que deberíamos hacer, te diré una cosa: si vuelvo a subir por ese maldito desfiladero, no volveré a bajar. Ni aunque tuviera a trescientos espartanos detrás de mí. Bajaré por el camino más largo, esté donde esté.

—Así vinimos —me dijo Mittenwool.

—¡Tardaría un día entero en bajar la montaña! —grité.

—¿Por qué este molesto abejorro no deja de zumbarme en el oído? —murmuró el ayudante al sheriff.

—¿Qué le hice? —le grité.

—Basta, basta —dijo rápidamente el sheriff Chalfont moviendo las manos como para separarnos—. Bueno, Jack, confírmamelo: prefieres ir por Ollerenshaw ahora, ¿verdad?

—¡Sí! —le contestó el ayudante asintiendo de forma muy exagerada.

—¡Yo también! —dije con entusiasmo.

El sheriff Chalfont me miró, y en ese momento me di cuenta de que no debería haber hablado en voz alta. Debería haber desaparecido con la esperanza de que olvidaran mi presencia, porque sabía lo que se avecinaba.

—Mira, Silas —me dijo en tono amable—, sé que no quieres escuchar lo que voy a decirte, pero no vendrás con nosotros, no le des más vueltas —siguió hablando, subiendo el tono de voz, cuando empecé a protestar—. Vuelve por el camino y quédate con los caballos hasta que regresemos. Y si no regresamos, sube a tu poni y vuelve a Rosasharon a buscar ayuda.

—No —le dije—. Todos me abandonan, por favor…

—Sé que la has pasado mal, Silas, pero…

Lo que dijo a continuación me lo perdí, porque de repente Mittenwool se colocó a mi lado.

—Viene alguien.

—¡Shhh! —le ordené levantándole la palma de la mano.

—¡Pero, bueno! —me dijo el sheriff, muy serio, creyendo que lo estaba haciendo callar a él.

—¡Viene alguien! —susurré llevándome los dedos a los labios.

—¿Qué estás…? —gritó el ayudante Beautyman, pero el sheriff lo empujó para que se callara, y durante unos segundos nos quedamos los tres paralizados, escuchando.

Lo único que oía era el sonido de las cataratas, que ahora era como un ruido en mi mente, el relincho de los caballos y el agua chapoteando a nuestra izquierda y nuestra derecha. El ayudante Beautyman, que me miraba como si estuviera a punto de estrangularme, iba a romper el silencio cuando nos llegó un sonido diferente. El ruido de salpicaduras, un poco más fuerte que el de las cataratas. Luego oímos voces de hombres.

Los tres nos agachamos y nos pegamos a la pared en sombras. Vimos a Seb y Eben Morton a nuestra derecha, vadeando el arroyo con agua hasta la cintura. Ambos levantaban por encima de la cabeza sus rifles y sacos que contenían lo que supuse que era su ropa, porque estaban sin camisa en el agua. Era evidente que no nos habían visto ni tenían la menor idea del peligro que les aguardaba a este lado del arroyo.

Sólo podía significar una cosa, por supuesto. Gracias a Dios, no habían capturado al inspector Farmer.

OCHO

Las personas sólo ven lo que están preparadas para ver.

RALPH WALDO EMERSON
Entrada de su diario, 1863

1

Las personas que creen en estas cosas tienden a pensar de alguna manera que los fantasmas lo ven todo y lo saben todo, pero no es verdad. Están sujetos a las mismas leyes del universo que los vivos. Saben lo que sucede en la casa que ocupan, por ejemplo, pero no lo que sucede en una casa al final de la calle. Al menos si no están allí. Quizá ven con mayor claridad y oyen un poco mejor que nosotros, pero no porque el mundo sea diferente para ellos. Es sólo porque su percepción es ligeramente diferente a la nuestra. Del mismo modo que una persona puede ver un color y percibirlo como azul, otra ve ese mismo color y lo percibe como verde. Claro, podrían argumentar que el azul es azul, y el verde es verde, pero ¿no han visto que los colores se mezclan entre sí, cambian con la luz y se reflejan en las cosas que los rodean? Miren cómo una puesta de sol se difumina en el cielo. O cómo en un río se ve multitud de colores. En fin, que los fantasmas van y vienen, pero no están en todas partes a la vez. No son dioses. No son ángeles. Son sólo personas que murieron.

Digo esto porque, aunque Mittenwool supo antes que yo que los hermanos Morton estaban cruzando el arroyo, no sabía nada más de ellos. No sabía por qué venían ni si sabían que estábamos allí. Acurrucado junto a mí en las sombras, me di cuenta de que estaba tan nervioso por mí como yo mismo. El corazón le latía muy deprisa.

—Quédate agachado, Silas —me susurró protectoramente, como si los demás pudieran oírlo—. Deja de jugar a ser un héroe.

—… no es culpa mía que no haya comida —decía uno de los hermanos Morton mientras se acercaban—. Son los Tapones los que comen tanto, no yo. Deberían ir ellos a cazar, no nosotros. Estoy harto y cansado de comer manzanas.

No distinguía sus caras redondas como la luna, pero pensé que el que acababa de hablar era Seb. El otro era Eben.

Casi habían terminado de cruzar el arroyo y ahora, con el agua hasta las rodillas, caminaban con dificultad por la corriente en calzoncillos.

—Personalmente, no me importa salir de esa cueva —le contestó Eben. Iba delante—. Hay una peste insoportable.

De inmediato pensé en el olor a azufre y en que el colodión de mi padre apestaba a huevos podridos.

—Lo único que digo es que no veo por qué sólo nosotros hacemos el trabajo sucio —se quejó Seb.

—¡Hacemos el trabajo sucio nosotros porque no somos lo suficientemente inteligentes para hacer lo demás! —le contestó Eben. Era un poco más alto y grueso que su hermano—. Así que deja de lloriquear. Me tienes harto.

—Tengo frío, eso es todo —se quejó Seb.

—«Tengo frío, eso es todo.» Ahora pareces Rufe.

Habían salido del agua, habían tirado su ropa seca y los rifles al suelo y estaban escurriéndose los calzoncillos mojados que llevaban puestos. Justo en ese momento, el sheriff Chalfont y el ayudante Beautyman, que debían de haberse hecho una señal, salieron disparados de los arbustos y los abordaron con una ferocidad que no me esperaba. Sucedió tan deprisa y con tanta precisión que apenas se puede decir que fuera una escaramuza. El sheriff tenía a uno de los hombres boca abajo en el barro, con el rifle apuntándole la mejilla. El ayudante había inmovilizado al otro, que estaba boca arriba y con el rifle apuntándole entre los ojos.

—Di una palabra y te vuelo la cabeza —le advirtió.

—Silas —me gritó el sheriff Chalfont—, tráeme cuerdas.

Vi varias al lado de las sillas de montar.

Hice lo que me pidió, y enseguida los dos hermanos estaban atados y amordazados.

—¿Fueron estos los hombres que se llevaron a tu padre? —me preguntó el sheriff Chalfont.

—Sí, señor. Dos de ellos —le informé—. Se llaman Seb y Eben Morton. No sé quién es quién.

Me di cuenta por sus reacciones, por cómo me miraban, que me recordaban bien.

El sheriff Chalfont dio un golpe a uno de ellos, al que yo había decidido llamar Eben, con la punta del rifle.

—Responde a mis preguntas sin tratar de engañarme —dijo—, y le diré al juez que no sea duro con ustedes. Incluso podría dejarlos en libertad. En caso contrario, pasarán mucho tiempo en la cárcel. Y les digo una cosa: si alguno de ustedes grita o hace algo que no me parezca conveniente, dejaré que mi socio mate a tu hermano. Créeme, es muy bueno matando. Trabajamos juntos en México, así que sé muy bien de lo que estoy hablando.

El ayudante Beautyman alzó las cejas y asintió, casi cómicamente. Era evidente que él y el sheriff tenían una larga historia en común, porque parecían conocerse a la perfección. También me pregunté si lo que había dicho el sheriff sobre su ayudante era cierto. Por alguna razón me lo creí.

—Así que esto es lo que va a pasar. Voy a quitarte la cuerda de la boca —siguió diciéndole el sheriff Chalfont a Eben—, y vas a contestar a mis preguntas. Si haces algo que no me guste, tu hermano es hombre muerto. ¿Entendido?

Los gemelos parpadearon exactamente de la misma manera para indicar que lo habían entendido, y el sheriff bajó la cuerda de la boca de Eben, que tosió y escupió.

—¿Sólo están ustedes dos aquí afuera? —le preguntó Chalfont.

—Sí, señor —contestó Eben con los ojos apagados, muy abiertos y asustados.

—¿Está Roscoe Ollerenshaw en la cueva?

—Sí, señor.

—¿Quién está con él?

—No sabemos cómo se llaman todos. Pero está Rufe Jones. Hay un tipo del norte. No sé cómo se llama, pero tiene los dedos totalmente azules. Y luego están dos hombres del señor Ollerenshaw. Sus guardaespaldas personales. Tampoco sé cómo se llaman, pero Rufe dice que son tapones feos de Baltimore, así que los llamamos Tapones a sus espaldas. Tapón uno y Tapón dos.

—¿Y mi padre? —le pregunté—. ¿Está ahí?

—Claro que está. No lo había contado.

—¿Y qué están haciendo? —dijo el sheriff Chalfont.

—Están imprimiendo dinero. No es un delito, ¿verdad?

—¿Por qué se llevaron al padre de este niño? —dijo el ayudante Beautyman.

—Es Mac Boat —contestó Eben.

—¡No lo es! —grité arremetiendo contra él.

El ayudante del sheriff me agarró del cuello y me levantó con una mano, como si fuera un cachorro al que agarran por la nuca.

—¡Yo sólo digo lo que me contaron! —contestó Eben a la defensiva—. Dijeron que era químico o algo parecido, y el señor Ollerenshaw necesitaba su ayuda para aprender un nuevo método para imprimir dinero, porque el hombrecito de los dedos azules, que se suponía que sabía hacerlo, se había hecho un lío. La verdad es que no entiendo ni la mitad de lo que dicen.

—¿Está cooperando el padre del niño? —quiso saber Beautyman.

—Sí, señor —contestó Eben—. El señor Ollerenshaw le dijo que lo dejaría marchar si le enseñaba a imprimir los billetes. ¡Y lo hizo! Esos billetes son perfectos. Nunca te darías cuenta de que no son auténticos.

—¡Así que lo van a dejar marchar! —grité, todavía agarrado del cuello por el ayudante.

Eben parpadeó un par de veces.

—Bueno, no es eso exactamente lo que oí.

El ayudante Beautyman me soltó. Tropecé y me sujetó.

—¿Qué oíste exactamente? —preguntó el sheriff.

Eben respiró hondo. Evitó mi mirada.

—Pues que, bueno, el señor Ollerenshaw también lo quería para otra cosa, aunque al principio no sabíamos nada de eso. Al parecer hay un baúl lleno de oro enterrado en alguna parte, y el señor Ollerenshaw cree que Mac Boat, o quienquiera que sea, sabe dónde está. Por eso se suponía que debíamos llevarnos al niño. Porque el señor Ollerenshaw iba a utilizarlo para que el padre le dijera dónde estaba escondido el oro.

Eben miró a su hermano, que asintió con la cabeza para que siguiera hablando.

—El señor Ollerenshaw se puso hecho una furia cuando llegamos sin el chico —siguió diciendo—. Y encima perdimos su caballo en el camino de regreso. Un animalito de cara blanca que se nos escapó en el bosque. ¡Nunca había visto al señor Ollerenshaw tan enojado! En fin, Rufe Jones se ofreció a volver a buscar al niño, pero el señor Ollerenshaw envió al hombre de los dedos azules. Cuando llegó a la casa, el chico se había marchado, por supuesto. Aunque el perro seguía allí. Le pegó un tremendo mordisco en la pierna.

—Argos —susurré.

—¿Cómo sabes todo esto? —dijo el sheriff Chalfont.

—Porque el hombre de los dedos azules volvió a la cueva ayer con la pierna cubierta de ácaros. Lo más repugnante que hemos visto jamás. Casi vomitamos, en serio.

—¿Qué hizo Ollerenshaw cuando el hombre de los dedos azules apareció sin el chico? —siguió preguntando el sheriff.

Eben levantó un hombro, como si intentara rascarse la oreja.

—Bueno, señor —le dijo a regañadientes—, hizo que los Tapones le dieran a Mac Boat una buena paliza, eso es lo que hizo.

Al oírlo sentí que se me encogía el corazón. Me quedé sin aliento.

—Le dio de plazo hasta mañana por la mañana para que le dijera dónde está el oro, y si no... —añadió Eben.

—¡Pero mi padre no sabe dónde está ese oro! —grité llorando.

Eben me miró con la boca abierta, parpadeando lentamente.

—Bueno, el señor Ollerenshaw cree que sí.

Me llevé las manos a la cabeza y miré al sheriff con desesperación.

—¡Tenemos que ir a buscar a mi padre ahora mismo!

Él no iba a permitir distracciones.

—¿Qué pasa con el inspector? —siguió preguntando en tono tranquilo—. ¿Encontraron a un viejo en el bosque?

—¿Un viejo? ¡No, señor!

—¡Por favor, sheriff, tenemos que ir a buscar a mi padre! —le supliqué.

Pero Eben tenía más cosas que decir.

—Mire, sheriff —empezó a decir mirándolo con ojos de cachorro—, ya ve que estoy cooperando mucho, ¿verdad? Le he dicho todo lo que sé. ¿Nos deja marcharnos, por favor? Lo cierto es que ni siquiera conocíamos al señor Ollerenshaw hasta hace un par de meses. Mi hermano y yo nos dirigíamos a California para buscar oro. Nuestro plan era encontrar una mina de oro y hacernos ricos. Pero nos quedamos sin dinero al llegar a Akron, y entonces conocimos a Rufe Jones. Nos dijo que ganaríamos mucho más trabajando para él que con la extracción de oro. Y eso fue lo que hicimos. ¡Era un trabajo muy fácil! Nos daba dinero para gastar, y nuestro trabajo consistía en gastarlo.

—Pero lo que estaban gastando era dinero falso —señaló Chalfont—. Lo sabían, ¿no? Ponían en circulación dinero falso. Lo que estaban haciendo era ilegal.

—Bueno, sabíamos que era ilegal, pero no sabíamos que era un delito —lloriqueó Eben con las mejillas brillantes por las lágrimas—. Sinceramente, pensamos que era buena idea imprimir suficiente dinero para que todos pudieran tener algo. No parecía que pudiera hacer daño a nadie.

El ayudante Beautyman se rio con disimulo.

—Pero ahora vemos que nos equivocamos… —confesó rápidamente Eben mirando alternativamente a los dos policías—. Estamos muy muy arrepentidos, señores. Y ahora mismo lo único que estábamos haciendo era cazar conejos para esos hombres malos. Nada más. No queremos tener nada más que ver con esto. Por favor, dejen que nos marchemos. No le diremos al señor Ollerenshaw que están aquí. Volveremos a ponernos en camino hacia California.

—¿Han matado a alguien alguna vez? —le preguntó el sheriff.

—¡No! Nunca. ¡Lo juro por Dios!

Hasta ahora no me había dado cuenta de lo jóvenes que eran los hermanos. Por los cuatro pelos que les crecían en la barbilla, diría que aún no habían cumplido los dieciocho años. Eran altos y tenían la cara suave y los labios delicados. No eran monstruos; eran tontos.

El sheriff Chalfont se rascó la frente.

—¿Qué piensas, Jack?

El ayudante frunció los labios y escupió otro pellizco de tabaco delante de Eben.

—¿La cueva tiene una sola entrada? —le preguntó con vehemencia.

—Sí, señor. Sólo una entrada —contestó Eben, al que sin duda el ayudante había asustado—. Sólo se puede llegar subiendo la escalera desde el arroyo o bajando con una cuerda desde lo alto del desfiladero. Así metimos todas las provisiones en la cueva cuando llegamos la primera vez, el mes pasado. El hombre de los dedos azules llevó una carreta al desfiladero y bajó los barriles con cuerdas y poleas. Aunque es el único que sube por ahí. Mi hermano y yo nunca subiríamos el desfiladero porque nos da miedo caernos.

—¿Y no vienen otros hombres a la cueva? ¿Sólo los que has dicho?

—Hasta donde yo sé, nadie más, señor.

El ayudante asintió levemente, satisfecho con aquella respuesta.

—Entonces —dijo el sheriff, y empezó a contar con los dedos— está Ollerenshaw, los dos Tapones, Rufe Jones y el de los dedos azules. Cinco en total. Nos las hemos visto en peores, Jack.

El ayudante Beautyman se encogió de hombros.

—Y en mejores también.

—Lo que pasa es que no veo cómo podemos ir a Rosasharon, reunir una patrulla y volver antes de mañana por la mañana. ¿Tú sí?

El ayudante no le contestó, pero sé que me miró.

A estas alturas me había tirado al suelo y me había cubierto la cara con las manos, destrozado por lo que acababa de escuchar. Me daba tanto miedo que me dijeran que no iban a rescatar a mi padre que no me atrevía a mirar a ninguno.

—Ah, maldita sea —resopló por fin el ayudante—. Bien, acabemos con esto.

—Gracias —dije aliviado.

—¡No nos des las gracias aún! —me contestó con dureza—. Antes de nada, necesitamos un plan.

—Estoy en ello —le informó el sheriff lanzando el contenido de los sacos de los hermanos al suelo. Ensartó una de las camisas con la punta del rifle y se la mostró a su ayudante—. ¿Qué te parece esto, Jack? ¿Crees que puedes meterte en la camisa verde de este hombre?

—No es verde, es azul —señaló Eben inocentemente.

Beautyman se inclinó hacia adelante y volvió a colocar la cuerda en la boca del joven.

—Es verde, pedazo de sapo —lo corrigió, y acto seguido lo golpeó en la cabeza con la culata del rifle y lo dejó inconsciente. Después hizo lo mismo con el otro hermano.

2

El sheriff Chalfont y el ayudante Beautyman ataron a los hermanos Morton de pies y manos mientras yacían inconscientes y luego los ataron a un árbol con riendas de cuero. En cuanto estuvieron seguros de que los nudos estaban apretados, empezaron a ponerse la ropa de los chicos.

Al sheriff Chalfont no le quedaba mal. Era más delgado que los gemelos, pero de estatura lo bastante similar como para que, a unos cinco metros de distancia, pudiera pasar por uno de los Morton. Pero el ayudante Beautyman era demasiado «grueso», como dijo él mismo, para meterse en la ropa de Eben. Apenas consiguió cerrar dos botones de la camisa alrededor del pecho, y unos pocos de los de la barriga. Sin embargo, el abrigo le quedaba bastante bien. Y con el sombrero puesto, se parecía lo suficiente como para dar la finta. Los sombreros fueron los que marcaron la diferencia en el engaño, porque los gemelos llevaban sombreros de copa idénticos, verdes con unas anchas bandas amarillas. Los recordaba bien por la noche que llegaron a casa. Eran muy peculiares, e incluso la generosa cabeza del ayudante Beautyman encajaba perfectamente en su interior.

El plan era que los dos policías se acercaran a la cueva hacia el anochecer, con la cabeza gacha, el sombrero puesto y los conejos muertos al hombro. Esperaban que ninguno de los hombres de la cueva se diera cuenta del engaño, al menos hasta que ellos se hubieran acercado lo suficiente para saltar sobre ellos. Lo cierto es que parecía un plan demasiado sencillo para que funcionara, pero el sheriff Chalfont confiaba por completo en sus posibilidades. Además, se le había ocurrido otra artimaña, también muy sencilla: consistía en rellenar con hojas y tierra la ropa que se habían quitado, rematarla luego con los sombreros y colocar estos señuelos a cierta distancia de la cueva para que los hombres que estaban dentro pensaran, a la tenue luz del crepúsculo, que Chalfont y Beautyman no habían ido solos hasta allí, sino que había más hombres rodeando la cueva.

Por lo que a mí respecta, el plan no había cambiado. Tenía que volver por el sendero y quedarme con los caballos hasta que regresaran. Si no volvían en unas horas, debía ir a toda velocidad al juzgado de Rosasharon e informar de todo al magistrado. Si las cosas iban bien, esa noche me reuniría con mi padre. Ése era el plan.

No había muchas posibilidades de que funcionara, por supuesto, pero sí las suficientes como para depositar mis esperanzas en que tuviéramos éxito. Al fin y al cabo, un poco de esperanza es siempre mejor que ninguna. Y ahora más que nunca empezaba a darme cuenta de que mi presencia ahí era providencial. Había cruzado el bosque en busca de mi padre porque estaba absolutamente convencido de que me necesitaba, y ahí estaba, junto a un riachuelo en el fondo del mundo, viendo los acontecimientos desplegarse como alas. Ahora lo único que podía hacer era aferrarme a la vida y rezar. «¡Cálmate!»

El sheriff tardó una hora aproximadamente en cazar los conejos, mientras el ayudante preparaba los señuelos. Cuando por fin los policías estuvieron listos, les supliqué una vez más que me dejaran ir con ellos. No sólo no me hicieron caso, sino que me advirtieron que no seguirían adelante con el plan hasta que me vieran subir por el sendero de detrás de las cataratas. No confiaban en que no los siguiera.

No me gustó nada su decisión. Antes de marcharme, les describí con todo detalle cómo era mi padre y les hice prometer que harían todo lo posible por no dispararle accidentalmente.

—Haremos todo lo posible —me aseguró el sheriff Chalfont muy serio.

Estaba recargando sus rifles. Tanto él como su ayudante tenían fusiles de repetición de seis tiros. Dos cada uno. Nunca había visto armas tan largas.

—¿De verdad lucharon en México? —les pregunté.

El sheriff asintió con la cabeza.

—Pero no en el bando ganador —añadió el ayudante con una sonrisa.

Lo miré con curiosidad, porque no tenía ni idea de lo que quería decir.

—Vete ya, Silas —me dijo el sheriff, que había terminado de recargar los fusiles.

—Sé quiénes son los espartanos, por cierto —le solté al ayudante.

Él también había terminado de recargar sus armas y giró la cabeza hacia mí.

—¿Qué?

—Antes dijo que no volvería a bajar ni aunque tuviera a trescientos espartanos detrás de…

Ni siquiera pude terminar la frase, porque me miraba como si yo fuera la persona más estúpida que había conocido en toda su vida.

—Sabes lo que les pasó a los espartanos, ¿verdad? —me dijo.

—¡Vete, Silas! —repitió el sheriff en voz más alta. Ahora parecía tenso. Su cabeza ya estaba en el paso siguiente. Conocía esa expresión.

Subí a regañadientes por el sendero de detrás de las cataratas. No me giré ni les dije adiós. Una vez más, los vivos me habían dejado atrás, y una vez más me quedé acompañado sólo por fantasmas. No había más que decir.

3

En cuanto estuve en lo alto del acantilado, les hice una señal para que supieran que ya había llegado. Luego los observé mientras se dirigían más allá de las cataratas e iban por la orilla izquierda del arroyo, sin alejarse de la pared. Llevaban conejos colgando del hombro y arrastraban los señuelos. Unos diez minutos después llegaron a la curva del arroyo y los perdí de vista.

—Si subimos la colina, podremos verlos —me dijo Mittenwool señalando hacia algún lugar.

—Ve tú delante, que quiero ver cómo está Poni.

Mittenwool volteó a ver a Poni, pastaba tranquilamente junto al semental blanco del sheriff.

—Poni está bien, Silas. ¿Cómo estás tú?

—Sólo estoy cansado. Sigue tú y avísame si ves algo.

Mittenwool dudó.

—Está bien. Pero sólo me quedaré un momento.

Se marchó.

Poni soltó una risita cuando me acerqué a él. Bajó la cabeza y golpeó suavemente la mía mientras yo frotaba mi mejilla contra la textura aterciopelada de su hocico. Cerré los ojos. Era tan cálido y fuerte que quería respirarlo. Cuando abrí los ojos, me conmovió que los suyos siguieran cerrados. Me conmovió que fuera tan cariñoso y que estuviéramos ya tan unidos. Nos habíamos conocido hacía sólo cuatro días, pero habían sido cuatro días intensos, y ahora estábamos unidos como hombres en la guerra…

Fue un pensamiento fugaz, pero lo rechacé. Deseé no haberlo tenido. De hecho, me enojé conmigo mismo por haber pensado algo así. ¿Unidos como hombres en la guerra? ¿Qué sabía yo de los hombres en la guerra? ¿Por qué mi mente había ido a esos lugares ridículos como si supiera algo al respecto? ¿Qué sabía yo, aparte de algunas historias antiguas sacadas de libros andrajosos? No era de extrañar que el ayudante me hubiera mirado como si fuera idiota. Un insignificante chico de campo, con su poni mágico, hablando de espartanos. ¡No sabía nada del mundo real! Me había quedado claro en estos últimos cuatro días en el bosque. Cuatro días en los que había visto más del mundo real que en los doce años que llevaba en esta tierra. Lo que les pasó a los fantasmas del pantano. A esos niños más pequeños que yo. Eso era el mundo real. Los jinetes que vinieron por mi padre. El inspector hablando de tiroteos. Los hermanos Morton, atados con cuerdas en el suelo, preguntándose si alguien iría a buscarlos. Eso era el mundo real.

Hasta ahora me había librado de todo eso. Había estado metido en mi burbuja de Boneville, con mi padre y Mittenwool. Me habían protegido toda mi vida. Y aquí estaba, mirando hacia el otro lado, pensando que era lo primero que aprendía sobre el mundo real. «Unidos como hombres en la guerra.» «Espartanos.» Me sentí como un imbécil. Como un niñato. Por eso no querían que saliera de casa. Ni mi padre ni Mittenwool. «Quédate en casa, Silas. Vuelve a casa, Silas.» Sabían que ya no habría vuelta atrás para mí. No puedes dejar de saber lo que sabes. No puedes dejar de ver lo que has visto.

Y ahora, al apoyar la frente contra la de Poni, por fin empezaba a entenderlo. Me daba cuenta de lo que habían hecho por mí. Mi padre, trabajando como un perro por veinticinco centavos la bota y haciendo fotos de la luna. Mittenwool, haciéndome reír todos mis solitarios días. No había sido consciente de la suerte que había tenido.

Y quizás, al final, ése era el objetivo. Protegerme del mundo real. Preservar ese otro mundo en el que vivía durante el máximo tiempo posible.

Supongo que, en cierto modo, ése es también el mundo real. Los padres y las madres y los fantasmas, y los vivos y los muertos, hilan mentiras bondadosas y tratan de mantenerlas durante el mayor tiempo posible. No siempre, sino infinitamente. Buscan lo maravilloso, pero no para ellos, sino para nosotros, para sus hijos. Aunque sólo sea para que disfrutemos de ello por un momento. Lo importante no es la fantasía, sino el intento de mantenernos dentro de esa fantasía. Eso también es el mundo real.

En esto estaba pensando cuando la joven que había visto en la cárcel con una herida sangrante en el pecho salió de detrás de unos árboles y se acercó a mí.

—¿Adónde fue Desimonde? —me preguntó. Se presionaba delicadamente la zona del corazón, y la sangre de su herida fluía entre sus pálidos dedos y por las mangas acampanadas de su vestido amarillo.

—Bajó por el arroyo en busca de unos hombres malos —le contesté esforzándome por no mirar la herida. Tenía los ojos azul claro.

—Ah —me dijo asintiendo con una leve sonrisa—. A Desimonde se le da bien luchar contra hombres malos. ¿Son esclavistas?

—No lo sé.

—Mi familia vino al oeste para ser colonos contra la esclavitud.

Asentí con la cabeza, aunque no entendía lo que me decía.

—¿Puedes indicarme el camino por donde se fue, por favor? —me preguntó.

—Por ahí —le dije señalando la dirección que debía seguir.

Miró el camino.

—¿Puedes llevarme hasta él? —me preguntó amablemente.

Giré la cabeza hacia ella.

—Me temo que no puedo —le contesté—. Desimonde me dijo que me quedara aquí con los caballos. ¿Cómo te llamas? ¿Te importa que te lo pregunte?

—Matilda Chalfont.

—¿Eres la mujer de Desimonde?

Se rio.

—No tonto. Soy su hermana. Bueno, debería ir a buscarlo. Gracias.

—Buena suerte.

Me rodeó y empezó a descender por el desfiladero. Pero de repente se giró hacia mí.

—Si no lo encuentro —me dijo—, ¿podrías darle un mensaje de mi parte?

—Claro que sí.

—Dile que dejé el pudin de ciruelas de nuestra madre en la panera para él, pero que me lo comí casi todo, y lo lamento. ¿Se lo dirás?

—Sí.

—Gracias —me contestó sonriendo. Tenía hoyuelos en las mejillas, como el sheriff Chalfont, y el mismo pelo rizado.

Mittenwool se había acercado a mí, y ambos la vimos desaparecer por el camino. Pensé en decirle: «Qué extrañas criaturas son».

—¿De qué crees que se trataba? —le pregunté.

—Supongo que se sentía mal por lo que pasó con el pudin —me contestó sin pensarlo demasiado—. Vi al sheriff preparando los señuelos. ¡Quedan muy bien!

—¿Y con eso basta?

—¿Cómo que si con eso basta? —me miró con los ojos muy abiertos y comprendí que de verdad no entendía mi pregunta.

—Si con algo así basta para que una persona… se quede atrás —le dije, desconcertado—. Sentirse mal por algo que pasó con un pudin parece muy poca cosa para quedarse aquí. Pensé que tendría que ser algo más importante. ¡Pero un pudin! No tiene ningún sentido. ¿Por qué algunas almas se quedan y otras se van?

Frunció el ceño y se miró las palmas de las manos como si en ellas hubiera alguna pista para contestarme.

—Maldito sea si lo sé, Silas.

—Mittenwool, ¿eres mi tío?

Me miró sorprendido.

—¿Tu tío?

—Mi madre tenía un hermano.

—No, Silas. Creo que no.

—¿Y quién eres? —le pregunté con impaciencia—. ¿Qué relación tenemos? ¿Por qué viniste a mí? ¿Cómo es posible que no lo sepas?

Se frotó la frente y parecía estar haciendo un esfuerzo por encontrar una respuesta.

—De verdad que no… —empezó a decir.

—¡Deja de decirme que no lo sabes, por favor! —le grité, porque de repente me sentía tan alterado que no pude soportarlo—. ¡Estoy cansado de escucharlo, Mittenwool! «¡No lo sé, Silas! ¡No sé!» ¿Cómo no vas a saberlo?

No me contestó de inmediato. Cuando lo hizo, su tono era serio.

—De verdad que no lo sé, Silas —susurró, y supe que estaba diciéndome la verdad—. ¿Crees que no te lo diría si lo supiera? ¿Crees que te lo ocultaría? ¡Maldita sea! Dices que estás cansado de no saber. ¡Pues bien, yo también estoy cansado! Aunque quizá lo que realmente quieres decir tú es que estás cansado de mí. ¿Es eso, Silas? ¿Estás diciendo que quieres que te deje o algo así?

Me tomó totalmente por sorpresa.

—¡No! Claro que no. No es eso lo que estoy diciendo.

—¡Entonces deja de hacerme estas preguntas! —gritó. Nunca lo había visto mirarme como me miraba ahora. Como si le hubiera hecho mucho daño—. ¡Deja de preguntarme cosas que no sé! ¡Porque sabes que no lo sé! ¡Te he dicho un millón de veces que no lo sé!

—¡Está bien! —dije con las mejillas ardiendo—. ¡Lo siento! Es sólo…

—¿Es sólo qué?

—Si basta un pudin para que algunos vuelvan —dije—, ¿por qué no vuelven todos? ¿Por qué mi madre…? —se me quebró la voz—. ¿Por qué ella nunca ha venido?

Apenas pude terminar la frase. De repente estaba ahogándome en mis propias lágrimas. Llevaba mucho tiempo pensándolo.

Mittenwool suspiró. Creo que por fin lo entendió. Dejó pasar un segundo y luego me contestó.

—Quizá sí ha venido, Silas —me contestó en voz baja—. En formas que tú no puedes ver y que yo desconozco. Quiero decir, mira a Poni, mira cómo él te trajo hasta aquí.

—No hablo de eso —susurré secándome la cara con las palmas de las manos.

—Lo sé.

Volvió a mirarse las manos, como si en ellas pudiera encontrar mejores palabras, y añadió:

—Sé que no hablas de eso. Mira, lo siento…

—No, soy yo quien lo siente. Claro que no quiero que me dejes. Nunca querré que me dejes. Ni en un millón de años. Estaría perdido sin ti.

Sonrió débilmente y se apoyó contra el árbol que estaba detrás de él como si estuviera cansado.

—Bueno, me alegro —contestó, aliviado—, porque yo tampoco quiero dejarte.

—¿Aunque a veces sea un idiota?

Me dio un empujoncito en el hombro.

—Yo soy el idiota.

En ese momento decidí no volver a hacerle este tipo de preguntas. Era demasiado doloroso. Para él y también para mí. Al fin y al cabo, no importaba cuáles fueran nuestras misteriosas relaciones ni las razones por las que había venido a mí. Lo que importaba era que estaba aquí conmigo, siempre, hasta el final.

Entonces se me ocurrió una idea.

—Debería ir con Matilda —le dije—. Me pidió que la llevara con el sheriff, y debería hacerlo.

—Siempre debes dejarte llevar por lo que te diga tu corazón, Silas.

—Debo hacer lo que me diga mi corazón.

4

Matilda Chalfont no había avanzado mucho en el camino cuando la alcanzamos. Me había llevado a Poni conmigo, porque sabía que pronto lo necesitaría. Él avanzaba con seguridad por el estrecho camino, como sabía que sucedería. Matilda pareció alegrarse de verme.

—¿Te gustaría montar? —le pregunté galantemente extendiendo la mano.

—Pues sí, ¡gracias! —contestó, y agarrándome fuerte las manos con las suyas ensangrentadas, metió un pie en el estribo y se subió a la silla detrás de mí. Poni no se movió ni un centímetro.

Continuamos por el camino detrás de Mittenwool. No sabía si Matilda podría verlo o no. Tenía los ojos tan abiertos que era casi como si acabara de nacer.

Cuando llegamos donde estaban los hermanos Morton, que ya se habían despertado y seguían atados y amordazados donde los habíamos dejado, me miraron con los ojos llorosos al pasar. Me dio un poco de pena verlos allí tumbados en la tierra húmeda, en calzoncillos, pero enseguida recordé lo malos que me habían parecido la noche en que se llevaron a mi padre. Todos estábamos en peligro por sus despiadados actos, así que me obligué a endurecer el corazón. Bajé de Poni y fui a buscar sus rifles, que el ayudante había escondido junto a la pared.

—¿Son estos los hombres malos a los que buscaba Desimonde? —preguntó Matilda mirándolos desde la silla.

—Están en el camino de ser malos —contesté levantando un rifle de la hierba—. Quizás esto haga que vayan por un camino mejor.

No me importó lo más mínimo que los hermanos me oyeran hablando «solo».

—Parece que en el suelo tienen frío —dijo Matilda.

Pensé en ignorar su comentario, pero no me atreví a hacerlo, así que me acerqué al montón de sillas de montar y saqué dos mantas de debajo. Luego los tapé con ellas evitando sus ojos agradecidos.

Matilda me sonrió mientras volvía a subirme a Poni.

—¡Calientitos como dos insectos en una alfombra! —dijo con nostalgia.

No tardamos en llegar al lecho del arroyo, a la misma curva por la que había visto desaparecer al sheriff Chalfont y a su ayudante. Había unos seis metros de terreno entre la pared del desfiladero y el arroyo. Grandes rocas redondas, relucientes por el musgo húmedo, cubrían cada centímetro. Desde aquí abajo, el arroyo, que parecía tan tranquilo desde arriba, era un río embravecido. No era profundo, sino rápido, y las olas golpeaban con fuerza, casi como el sonido de un millón de manos aplaudiendo.

—Mittenwool —lo llamé.

Se detuvo y se giró. Estaba a no más de tres metros de nosotros.

—¿Puedes cruzar al otro lado del arroyo y hacerme una señal cuando esté acercándome a la cueva? —le pregunté.

Miró al otro lado del arroyo, que sabíamos por los hermanos que sólo llegaba a la cintura en su punto más profundo, y negó con la cabeza.

—La verdad es que prefiero quedarme contigo, si te parece bien.

Se le pusieron los ojos brillantes. Y de repente se me ocurrió que le daba miedo el agua. Parecía imposible que no lo hubiera sabido antes.

—Claro —le dije intentando que no se me notara que estaba desconcertado.

¿Era razonable que a un fantasma le diera miedo el agua? Al fin y al cabo, no iba a ahogarse. Pero luego pensé que quizá sí. No sabemos las reglas. En cualquier caso, basta con haber muerto una vez. Fue lo que vi en la expresión de Mittenwool y en el temblor de su barbilla.

—Lo siento, Silas —dijo compungido, temiendo haberme decepcionado.

—Tonto —le contesté amablemente, y por primera vez desde que estábamos juntos me sentí el mayor de los dos.

—¡Puedo cruzar yo! —dijo Matilda toda animada—. Me gusta el agua —y de repente saltó de Poni, corrió hacia el arroyo y se zambulló en la corriente. La perdí de vista de inmediato.

Caminamos unos cuatrocientos metros más. Sabía dónde estábamos más o menos porque lo había visto desde arriba el día anterior. Costaba creer que hacía sólo un día que había estado allí con el inspector Farmer, mirando el abismo con las rodillas temblorosas. Desde aquí abajo no se veía ni rastro de los árboles y arbustos de arriba. Sólo las escarpadas paredes elevándose hacia el cielo. El día anterior parecían amarillas, del color de la arcilla. Pero ahora eran de un violeta brillante, del tono del crepúsculo. Y por encima de mí, todo el cielo era lavanda.

En algún lugar lejano se ponía el sol. Su luz se reflejaba en los salientes de lo alto de los riscos, brillantes como joyas naranjas. Pero en ese momento la puesta de sol parecía de otro mundo, de un mundo fuera de mi alcance. Aquí no había oeste, ni este, ni norte, ni sur. Ni siquiera había arriba o abajo. Sólo existía el serpenteo del arroyo. Adelante y atrás. Y los muros que nos separaban del otro mundo, el que tiene puntos cardinales, pueblos y océanos. Pensé en Escila y Caribdis, y en que Ulises…

—Deberías dejar a Poni aquí —susurró Mittenwool—. Podría relinchar o hacer ruido…

Parpadeé con fuerza e interrumpí mis cavilaciones.

—¡Y tienes que concentrarte, Silas! —me regañó—. Ahora mismo no hay tiempo para ensoñaciones. Tienes que estar bien despierto y alerta.

Asentí. Tenía razón, por supuesto. Fue como si me hubiera salpicado con agua fría.

«¡Silas, despierta!», me dije.

Desmonté y enganché a Poni a una gran roca que había en el lecho del arroyo. Tenía miedo de que intentara seguirme, pero pareció entender que debía quedarse quieto. Si pudiera encontrar las palabras para explicar lo seguro que estaba de que esta criatura me leía el pensamiento, lo haría. Pero no puedo.

Tampoco soy capaz de explicar por qué había decidido llevarlo hasta el arroyo. La verdad es que no lo necesitaba. Lo único que se me ocurre es que, en algún lugar dentro de mí, desde ese lugar tan antiguo como lo son también estas paredes de roca, sabía que Poni tendría un papel importante que desempeñar en los acontecimientos que estaban a punto de suceder.

5

Había anochecido. El aire era denso, de color índigo. Las sombras habían adquirido el tono azul oscuro de la noche, y todos los bordes se confundían entre sí. Algo sucede a esa hora del día, entre el día y la noche, que siempre me ha parecido un poco irreal. «Es la hora de los duendes de gorro rojo y de los elfos demoníacos», solía decir mi padre. Y así me parecía ahora, como si me viera a mí mismo desde arriba, caminando, un caballero en peregrinación. Yo no era yo, sino él.

¡Aquí estaba, haciéndolo otra vez! Dejando volar mi mente. No sé por qué mis pensamientos no dejaban de divagar. Mittenwool tenía razón. Debía concentrarme. Desterrar el remolino de pensamientos.

Mittenwool me dio un codazo.

—¡Estoy despierto! —le dije.

—¡Shhh!

Señaló hacia la curva del arroyo, justo delante de nosotros, donde estaba el primer señuelo que habían colocado el sheriff Chalfont y el ayudante Beautyman. Estaba tumbado boca abajo, como si se apoyara en los codos y apuntara a algo río abajo. Le habían puesto un palo largo en los brazos a modo de fusil, que habían apoyado en una gran roca. Delante estaba el segundo señuelo, dispuesto de forma similar. Eran bastante efectivos, debo admitirlo. Antes había pensado que era un plan ridículo, pero parecían francotiradores de verdad desde donde yo estaba, unos veinte metros más cerca de ellos que las cuevas.

Por las direcciones a las que apuntaban los señuelos con sus «rifles» sabía que la entrada de la cueva no estaba muy lejos. Recordé que aquí las paredes parecían cortinas onduladas, y que la cueva estaba escondida en el interior, donde se cruzaban dos grandes pliegues. En cuanto pasara la siguiente curva, vería al sheriff Chalfont y a su ayudante delante de mí.

Reduje la velocidad y me pegué a la pared al girar la curva. Ya en el otro lado, vi claramente a los dos hombres caminando a unos treinta metros de mí. Iban uno al lado del otro, chapoteando en el agua, sin tener cuidado alguno de no hacer ruido o de que no los vieran al acercarse a la cueva. Avanzaban con la cabeza agachada, fingiendo charlar tranquilamente y riéndose en un intento de parecer los hermanos Morton. Cargaban al hombro los conejos muertos. Y llevaban en las manos los rifles, que sujetaban despreocupadamente. En el aire azul oscuro del crepúsculo, parecían los gemelos volviendo de la cacería. ¡El engaño funcionaba!

Delante de ellos, a unos diez metros, estaba la entrada a la cueva. Era un poco más grande de lo que recordaba haber visto desde el otro lado del abismo. Dos hombres corpulentos estaban sentados a la entrada, fumando, con las piernas colgando a los lados. Supuse que eran los Tapones. Prestaron poca atención a los policías cuando se acercaron, y tampoco les hicieron caso cuando el ayudante Beautyman (que sin duda era un hombre descarado) tuvo el atrevimiento de saludarlos. Ninguno de los Tapones sospechó.

Los policías estaban ahora a unos cuatro metros de la entrada de la cueva, y oí a uno de los Tapones decirles:

—¡Ya era hora de que volvieran!

Y el sheriff Chalfont, sin levantar la mirada, dijo:

—Les lanzaré los conejos para que nos resulte más fácil subir.

Los Tapones bajaron los rifles para atrapar los conejos, pero en ese momento salió de la cueva un hombre con una manta sobre los hombros. Les gritó:

—¡Suban por la escalera, gallinas!

Reconocí la voz de inmediato. Era Rufe Jones. Y creo que el momento en que lo reconocí fue exactamente el mismo en que él se dio cuenta de que los policías no eran los hermanos. Antes de que mi mente pudiera registrarlo, el sheriff y su ayudante levantaron los rifles y dispararon a los Tapones desde abajo. El chasquido de los disparos resonó en el abismo, y uno de aquellos hombres cayó de cabeza por el desfiladero hasta el lecho del arroyo. El otro tropezó hacia atrás, herido, pero no muerto. Rufe Jones se tiró al suelo y se arrastró hasta la cueva.

Se oyó una gran conmoción dentro y vi a los dos policías intentando protegerse colocándose contra la pared. El ayudante Beautyman corrió por la estrecha playa hasta la curva del otro lado de la cueva.

Se había levantado viento y de repente el aire era frío.

—¡Escuchen! —gritó el sheriff Chalfont a los hombres de la cueva—. ¡Roscoe Ollerenshaw! ¡Los tenemos rodeados! ¡Salgan con las manos en alto!

Ni siquiera había terminado la frase cuando varios disparos de rifle rebotaron cerca de él. El ayudante Beautyman devolvió el fuego desde el otro lado de la pared.

—¡No va a servirles de nada, están rodeados! —gritó el sheriff Chalfont—. ¡Ríndanse ahora mismo!

El Tapón herido y Rufe Jones empezaron a disparar salvajemente a los señuelos del arroyo, lo que dio a los policías más cobertura para disparar hacia la cueva. Pero desde donde yo estaba, vi con total claridad que estaban demasiado cerca de la cueva y demasiado abajo para disparar bien. Sólo podían alcanzar el techo de la cueva, cerca de la entrada. El Tapón también debió de darse cuenta, porque se tiró al suelo boca abajo y empezó a gatear hacia el extremo de la cueva. Ninguno de los policías pudo verlo, pero yo sí, ya que estaba a bastante distancia.

—¡Rufe Jones! ¡Sabemos quién eres! —gritó el sheriff Chalfont recargando el rifle—. ¡Venimos a buscar a Ollerenshaw, no a ti! Así que suelta el arma, sal y te darán…

El Tapón había llegado al extremo de la cueva y disparó su arma desde el suelo. El sheriff Chalfont se pegó de nuevo a la pared, pero esta vez no lo hizo lo suficientemente rápido. Supe por el gruñido que hizo que había recibido un disparo. El ayudante Beautyman saltó frente a la cueva y eliminó al Tapón con un buen disparo.

—¿Desi? —gritó saltando contra la pared.

—¡Estoy bien, sólo me rozó el brazo! —le contestó el sheriff.

A estas alturas apenas quedaba luz en el cielo y se oía el sonido de truenos distantes. El viento soplaba y aullaba a nuestras espaldas. Se avecinaba una tormenta.

—¡Ollerenshaw! —gritó el sheriff Chalfont, alejándose de la pared, con el rifle al hombro y el brazo sangrando—. ¡Sal con las manos en alto! ¡Se acabó el juego!

—¡El juego no se ha acabado para nada! —le contestó una voz profunda desde el interior de la cueva. Debió de ser Ollerenshaw.

En ese momento vi a Matilda al otro lado del arroyo, agitando los brazos muy nerviosa para llamar mi atención, y seguí su línea de visión hasta la parte superior del abismo, por encima de la entrada de la cueva, donde vi a un hombre con los dedos azules apuntando con un rifle al sheriff.

—¡Sheriff, arriba! —grité.

Levantó la vista justo cuando un relámpago iluminó el cielo y todo debajo de él se hizo pedazos.

NUEVE

¡Éste es el río, éste es el mar!

THE WATERBOYS
«This Is the Sea»

1

No recuerdo haber disparado, pero el disparo salió del rifle que yo tenía en las manos. Vi cómo el hombre que estaba a punto de matar al sheriff Chalfont recibió el impacto de la bala y se precipitó al suelo justo cuando el trueno que siguió al relámpago estalló y el retroceso del rifle me lanzó de espaldas al arroyo. El agua me arrastró más lejos de lo que pensaba, porque el viento había convertido la corriente en rápidos, y no pude agarrarme a nada para evitar seguir río abajo. Lo que recuerdo de mi chapoteo y de mi desplazamiento bajo el agua es que sentía como si un monstruo marino gigante me jalara hacia abajo y que me preguntaba si acababa de matar al hombre de los dedos azules. Le rogué a mi madre no haberlo matado, porque no quería que ésa fuera mi última acción en este mundo. También le rogué que viniera a buscarme desde el otro lado, si había llegado mi momento, porque la echaba mucho de menos. Estaba pensando en todas estas cosas a la vez cuando una mano me agarró con fuerza de la parte superior de la cabeza y me sacó del agua por el pelo como un pez en un sedal. Los disparos resonaban en el aire cuando respiré por fin, aunque parecía que me hubieran aplastado los pulmones. Me había sacado el ayudante

Beautyman, que me sujetaba con la mano izquierda mientras con la derecha seguía disparando su rifle. Me lanzó a un lugar seguro, contra la pared del desfiladero, justo cuando una bala le arrancó la parte superior de la oreja izquierda. Beautyman cayó hacia atrás por el impacto tapándose la oreja sangrante con la mano izquierda, pero siguió disparando con la derecha. La lluvia se sumó al caos, porque ahora estaba lloviendo a mares, y en un abrir y cerrar de ojos se había hecho de noche. Estaba demasiado oscuro para ver nada, salvo cuando un relámpago iluminaba el aire con explosiones de un amarillo luminoso.

Se produjo una breve pausa en los disparos cuando el ayudante Beautyman se pegó de nuevo contra la pared de roca para recargar su rifle. En otra explosión de luz vi que Chalfont nos miraba desde el otro lado de la cueva. El ayudante le indicó que todo estaba despejado mientras terminaba de recargar. Luego otro destello me permitió ver que el sheriff avanzaba lentamente hacia el centro del desfiladero, hasta un lugar por debajo de la entrada de la cueva. Ahora esa parte del terraplén había desaparecido casi por completo, ya que la lluvia había hecho crecer tanto el arroyo que el agua llegaba ya a la pared del desfiladero.

Estaba claro que estábamos en punto muerto. Como nos encontrábamos demasiado cerca de la cueva, el ángulo de nuestros disparos era excesivamente pronunciado y no podíamos disparar adentro. Tampoco ellos podían dispararnos cómodamente. Pura cuestión de geometría.

El ayudante Beautyman se puso en cuclillas para recargar sus dos rifles.

—Gracias por salvarme —le dije después de toser toda el agua que había tragado.

—Ahora no, enano.

Asentí y me apoyé contra la pared a su lado. La sangre de la oreja le caía por el cuello y los hombros.

—¿Quiere que intente vendarle la…?

—Cállate —supongo que se sintió mal, porque sin mirarme añadió—: Fue un buen disparo. Le salvaste la vida a Desi.

—Espero no haber matado al hombre.

—Bueno, ¡yo espero que sí! —dijo—. Pero no creo que lo hayas matado, si te sirve de consuelo. Está disparándonos ahora mismo.

—Creo que es Rufe Jones.

—Son los dos —me corrigió, y me tendió un rifle—. Por eso, si viene alguien, tienes que dispararle, ¿me oyes? Déjate de tonterías como «Dios, espero no haber matado a nadie». Esto no es un juego, enano. No va a venir a rescatarnos ningún poni mágico, ¿entendido?

—Sí.

—¡Roscoe Ollerenshaw! —gritó el sheriff Chalfont. Su voz retumbó por encima de la tormenta como un trueno—. Sal. Entrégate. No tienes escapatoria, como ya debes de saber. Lo único que tenemos que hacer es esperar. Al final te quedarás sin comida y sin agua. Mejor te rindes ahora y nos ahorramos problemas.

—¿Ahorrarnos problemas? —le contestó—. Según mis cálculos, sólo son tres. Los del otro lado del arroyo son señuelos. ¿Creen que soy idiota?

—¡Sí! —se burló el ayudante Beautyman.

—¡En cualquier momento llegarán más hombres! —gritó Ollerenshaw—. ¡Los harán picadillo!

—¿Te refieres a los chicos a los que atamos en el arroyo? —le preguntó el sheriff—. ¿O hablas del hombre de los dedos azules que está en el desfiladero, seguramente desangrándose ahora mismo?

—¡Tengo una propuesta para ti! —gritó Ollerenshaw.

—¡Si vas a intentar sobornarnos, no te molestes! —le contestó el sheriff.

—¡Escúchame! Hay suficiente dinero en juego para que tú y tus amigos se hagan más ricos de lo que nunca habrían soñado —continuó Ollerenshaw.

—Si me importara tanto el dinero, estaría buscando oro en California —contestó el sheriff.

El ayudante me dio un codazo.

—La verdad es que una vez fuimos a buscar oro.

—¡De lo que estoy hablando es precisamente de oro! —exclamó Ollerenshaw—. No de billetes falsos. ¡Oro de verdad! ¡Veinte mil dólares! Escondido en alguna parte. El hombre que está conmigo no es otro que Mac Boat, ¡y me dijo dónde está ese oro!

Se me heló el corazón.

2

Se produjo un largo silencio. El sheriff Chalfont me miró, quizá porque estaba pensando qué decir. La tormenta que había inundado nuestros sentidos se había calmado de repente, aunque sólo fuera por un momento, y el silencio nos dio la oportunidad a todos de escuchar nuestros pensamientos. El cielo se había aclarado. Las cosas brillaban a la luz de la luna.

—No sé cómo decírtelo —le contestó el sheriff con total naturalidad—, pero ese hombre no es Mac Boat. Sin embargo, te diré una cosa. Suéltalo y me aseguraré de que el juez se entere de que lo liberaste. Incluso puede que te quiten un par de años por cooperar con nosotros. Rufe Jones, ¿me oyes? ¡También va por ti! —mientras hablaba, señaló algo al ayudante Beautyman y movió los dedos en el aire.

—Quédate aquí, enano —me susurró Beautyman empujándome más hacia atrás, hacia una grieta de la pared. Me presionó la frente con un dedo—. No te muevas, ¿de acuerdo? Después se pegó todo lo que pudo a la pared, aplastó la mejilla contra la piedra y empezó a escalar la pared rocosa aferrándose con los dedos de las manos y los pies a todo rincón y toda grieta que encontraba. Pensé en lo mucho que se había asustado en el desfiladero y en lo valiente que era ahora para trepar así.

—¡Así que estás diciéndome que no te interesan veinte mil dólares en oro! —gritó Ollerenshaw desde la cueva.

—¡Claro que me interesan! —contestó el sheriff. Sabía que sólo estaba ganando tiempo para que el ayudante subiera—. Pero no creo que sepas dónde están.

—¡Pero Mac Boat sí lo sabe, y está aquí conmigo! —le contestó Ollerenshaw a gritos—. ¡Y apuesto a que hará un buen trato contigo, aquí y ahora, para librarse de la cárcel! ¡Y yo también estoy dispuesto a hacer lo mismo! ¡Veinte mil dólares dan para mucho! ¡Así que acabemos con esto! Tiren sus armas, y yo tiraré la mía. ¡Llegaremos a un acuerdo equitativo!

El sheriff Chalfont soltó una carcajada desdeñosa.

—Si ese tipo no te dijo dónde estaba el oro cuando tus hombres lo estaban apaleando, ¿por qué crees que va a decirlo ahora? —le replicó—. Acéptalo, Ollerenshaw, tienes al hombre equivocado. ¡No es Mac Boat!

—¡Sí lo es! Y me dijo dónde está el oro.

En ese momento, de entre todas las cosas que podían verse en el mundo, vi al inspector Farmer cruzando el arroyo. Me quedé impactado al verlo allí, corriendo a través del agua espumosa, con los ojos brillantes. Lo había dado por muerto hacía apenas una hora, pero allí estaba, brillando a la luz de la luna y avanzando a través del agua como una especie de toro loco.

—¡Vamos, Ollerenshaw, estoy empezando a cansarme! —le gritó el sheriff. Todavía no había visto al inspector, aunque éste había llegado al terraplén y había empezado a serpentear por el barro en dirección a la escalera—. ¡Acabemos con esto ya!

—¡Ustedes primero! ¡Tiren las armas!

—¿Por qué íbamos a hacerlo? —le gritó el sheriff riéndose—. ¡Tenemos ventaja, idiota! ¡Te has quedado sin cartas! ¡No tienes hombres! ¡No tienes oro! ¡No tienes nada!

—¿Te parece que esto no es nada?

En ese momento, Ollerenshaw empujó a mi padre, amordazado y con los pies y las manos esposados, hasta la parte de delante de la cueva, donde todos pudiéramos verlo, y se mantuvo muy cerca de él, presionando un revólver contra su espalda.

Jadeé al ver a mi padre así, con el cuerpo doblado y la cara golpeada.

—¡¡¡Él es Mac Boat!!! —gritó Ollerenshaw. Su rostro pálido brillaba a la luz de la luna. Vi su cabeza, como de mármol blanco, volteó hacia mí. Una lápida en un cementerio—. ¡Lo admitió! ¡Me dijo que me llevaría donde está enterrado el oro!

—¡Es una trampa! —gritó el sheriff.

—¡Si es una trampa, no hay razón para que lo mantenga con vida! ¡Tiren las armas… o lo mato ahora mismo!

El inspector Farmer había llegado a la escalera, totalmente cubierto de barro, y empezó a subir peldaño a peldaño.

—¡Suéltalo, Ollerenshaw! —gritó el sheriff con calma. Se apartó de la pared del desfiladero para que el tipo pudiera verlo sujetando el rifle por encima de la cabeza—. ¡Te dejaré marchar si lo haces…!

—¡¡¡Les dije que tiren las armas!!! —gritó Ollerenshaw como un loco, apretando la pistola con más fuerza contra la sien de mi padre—. ¡¡¡Tírenlas o le vuelo la tapa de los sesos!!!

—¡La tiro! ¡Mira! —gritó el sheriff lanzando el fusil al suelo y levantando las manos.

—¡El gordo también! ¿Crees que no sé que está subiendo?

—¡Jack! —gritó Chalfont, y el ayudante saltó obedientemente desde la pared del desfiladero y levantó las manos, con las palmas hacia afuera, para mostrar que también había tirado el rifle—. ¡Ya está! ¿Lo ves? Hemos tirado las armas. ¡Ahora deja que el hombre se vaya!

—¡Hay otro más!

—¡No, sólo somos dos! —respondió el sheriff.

El ayudante me fulminó con la mirada para que me mantuviera escondido.

—Había tres armas. ¡Lo sé! —gritó Ollerenshaw.

El inspector Farmer ya había llegado a lo alto de la escalera y estaba escondido debajo del borde de la cueva. Como estaba cubierto de barro, no se distinguía de la pared del desfiladero. Era un milagro que nadie lo hubiera visto aún.

—Mira, Ollerenshaw —siguió diciendo el sheriff con las palmas de las manos en el aire y los dedos extendidos—. ¡Haremos una cosa! ¡Vamos a cruzar el arroyo para que tengas tiempo de bajar! Luego puedes ir a las cataratas, agarrar tus caballos y seguir tu camino. Deja que el hombre se quede, y tú te vas.

En ese momento oímos el sonido que menos esperábamos, porque Ollerenshaw se echó a reír.

—¿Creíste que iba a alejarme de veinte mil dólares en monedas de oro? ¡Rufe, dispara!

Y entonces sucedieron varias cosas a la vez.

3

Lo primero, que recordaré hasta el día en que me muera, fue ver a Rufe Jones, con su largo abrigo amarillo, apuntando con su rifle al sheriff Chalfont y al ayudante Beautyman, que ahora estaban totalmente al descubierto. Justo en ese momento oímos un grito aterrador procedente de algún lugar detrás de ellos, como un lamento de otro mundo. ¡Era Poni, que avanzaba por el terraplén hacia la cueva! En la oscuridad, lo único que veíamos era su cara blanca, con las fosas nasales dilatadas y los dientes al descubierto, como un cráneo incorpóreo volando por los aires. Sólo yo vi a Mittenwool sentado a horcajadas encima de él, por supuesto, dirigiéndolo a todo galope.

Rufe Jones empezó a disparar salvajemente al cráneo que avanzaba creyendo que lo atacaba el tercer policía, lo que dio al sheriff y a su ayudante el tiempo suficiente para recuperar sus armas y ponerse a cubierto contra la pared del desfiladero.

—¡Sigue disparando a esos hombres, estúpido! —gritó Ollerenshaw a Rufe.

Pero en el momento en que los policías empezaron a disparar contra él, Rufe Jones se retiró y corrió a escabullirse en la cueva.

—¡Idiota! —gritó Ollerenshaw, que empezó a disparar a los policías. Fue la distracción que necesitaba mi padre para girarse y darle un codazo en las costillas. Ollerenshaw se dobló, y mi padre se giró hacia él y lo golpeó en la cabeza con los puños esposados. El tipo cayó al suelo, pero antes de que mi padre pudiera atacarlo por tercera vez, rodó rápidamente hasta el borde de la cueva, se giró y le apuntó. Justo cuando apretó el gatillo, el inspector Farmer se abalanzó sobre él desde debajo del borde de la cueva, donde había estado escondido todo ese tiempo, y agarró el cañón de la pistola. Se produjo un extraño estallido, como si algo húmedo golpeara la roca, cuando el arma explotó en las enormes manos del inspector Farmer. Por un breve segundo, el anciano se quedó tambaleándose en el borde de la cueva, mirándose los muñones ensangrentados al final de sus brazos, y luego cayó hacia atrás, recto como un árbol, por la ladera del acantilado. Ni siquiera oí un chapoteo cuando llegó al agua.

Sin embargo, tuve que olvidarme de él al instante porque, dentro de la cueva, mientras Ollerenshaw golpeaba la pistola contra la pared, frustrado por haber fallado al disparar, mi padre aprovechó para abalanzarse sobre él cargando sobre los hombros con un enorme barril. Ollerenshaw consiguió apartarse a tiempo antes de que mi padre le lanzara el barril, que lo habría matado si hubiera logrado darle de lleno con él, pero sólo consiguió rozarlo y luego se hizo añicos al estrellarse contra el suelo. De repente el aire se llenó de polvo blanco que flotó como humo plateado hasta la cueva, así que no podía ver el interior.

El ayudante Beautyman y el sheriff Chalfont subieron a toda prisa la escalera y se lanzaron a la cueva. Oí el sonido de las refriegas y la inconfundible voz de Ollerenshaw gritando, y luego un repentino silencio. Después no se oyó nada. Estaba a punto de subir la escalera cuando, con el rabillo del ojo, vi el abrigo amarillo bajando por una cuerda desde la cornisa más lejana de la cueva.

—¡Rufe Jones, alto! —le grité apuntándole con el rifle desde abajo.

—¡Oh, maldita sea! —gruñó haciendo una mueca, y giró la cabeza hacia arriba como si fuera a volver a subir a la cueva. ¡Pero saltó sobre mí! Me aplastó totalmente. Pequeñas estrellas explotaron dentro de mi cabeza, y por una milésima de segundo perdí la noción de dónde estaba, pero luego me di cuenta de que estaba boca arriba y él intentaba levantarse. Se me había caído de la mano el rifle, pero no me sentí indefenso, porque lo único que podía pensar era en él presentándose en mi casa en plena noche y llevándose a mi padre, y esa rabia me llenó de una fuerza que no sabía que tenía.

Mientras se levantaba, lo agarré de la pierna rodeándola con los brazos con todas mis fuerzas. Por más que intentaba apartarme, incluso cuando me agarró del pelo y sentí que me arrancaba mechones del cráneo, no lo solté. Al final empezó a jalar mis dedos hacia atrás, uno por uno, y en ese momento le pegué un mordisco en el muslo. Gritó y me dio un rodillazo en la cara con la otra pierna. Entonces lo solté por fin, porque sentí que me había roto el hueso de la nariz y que se me llenaba la boca de sangre.

Al caer de espaldas, él se dio la vuelta para escapar, pero de repente Poni se encabritó frente a Rufe Jones relinchando como un loco. La gente no piensa en los caballos como criaturas que rugen, como los leones o los elefantes, pero ése era el sonido que hacía mientras golpeaba a aquel hombre con los cascos. Rugía, echaba espuma por la boca y tenía los ojos desorbitados. Rufe Jones se tambaleó hacia atrás contra la pared del desfiladero, intentó protegerse con las manos el rostro ensangrentado, y estoy seguro de que Poni lo habría aplastado hasta matarlo si el ayudante Beautyman, cubierto de polvo blanco, no hubiera saltado por la escalera y le hubiera dado un puñetazo en la coronilla con su enorme puño. Rufe Jones cayó como un saco, y eso fue lo que al final le salvó la vida, porque sólo entonces Poni dejó de atacarlo.

Apenas me había dado tiempo a asimilar lo sucedido cuando el ayudante me agarró del brazo y prácticamente me lanzó escalera arriba.

—Levántate, corre —me dijo con una urgencia que no esperaba.

Subí a toda prisa y salté de cabeza a la cueva. Todo estaba cubierto de aquel polvo blanco, pero lo primero que vi fue a Roscoe Ollerenshaw, desvanecido junto al barril roto. Y luego, junto a la pared, estaba el sheriff Chalfont, atendiendo a mi padre, que sangraba por el estómago. El sheriff estaba vendándole rápidamente la herida.

—¡Papá! —grité cayendo de rodillas a su lado.

Mi padre me miró con total incredulidad. Tenía todo el rostro cubierto por el fino polvo blanco. Menos los ojos. Sus ojos azules brillaron.

—¿Silas? —dijo casi sin entender que estaba viéndome.

—Silas, apártate, déjale espacio —me dijo el sheriff Chalfont quitándose la camisa, que utilizó para detener la hemorragia.

—¿Le dispararon? —pregunté sin entender lo que estaba viendo.

—¿Cómo llegaste hasta aquí, Silas? —susurró mi padre.

—Vine a buscarte, papá —le dije tomándolo de la mano—. Traje al sheriff. Sabía que nos necesitabas.

—Así es —me contestó—. Pensé que, si los ayudaba, me dejarían marchar, pero…

—Reserve sus fuerzas —le dijo el sheriff Chalfont, cuyas manos estaban cubiertas de sangre de mi padre.

Apreté la mano de mi padre.

—No debí dejarte solo, Silas —me dijo—. No sabía qué otra cosa podía hacer. Sólo quería que estuvieras a salvo.

—Lo sé, papá.

—Le prometí a tu madre que te cuidaría.

—Lo sé.

Seguía perdiendo sangre, y debido al polvo blanco que lo cubría todo, parecía más roja de lo normal.

—¿Está Mittenwool contigo? —me susurró.

Mittenwool asintió.

—Sí, está aquí. Está a tu lado, papá.

Mi padre sonrió y cerró los ojos.

—Tu madre intentó salvar a un niño que estaba ahogándose. ¿Te lo he contado alguna vez?

Mittenwool parpadeó y me miró.

—No, papá —contesté.

El ayudante Beautyman se me acercó por detrás y apoyó suavemente la mano en mi hombro. Fue entonces cuando supe que mi padre iba a morir.

—Traje su violín —le dije—. No sé por qué...

—¿Lo trajiste? —abrió los ojos de par en par, como si yo hubiera respondido a una pregunta que siempre había sido un misterio para él. Extendió su otra mano, la colocó encima de la mía y la sostuvo con fuerza entre las suyas.

—Eres un buen chico, Silas —dijo—. Vas a tener una vida estupenda. Harás el bien en el mundo. Ser tu padre ha sido lo mejor que me ha pasado.

—Papá, quédate, por favor. No quiero estar solo.

Pero se fue.

4

Ver un alma soltando amarras no es ninguna tontería. No sé por qué tengo la capacidad de ver estas cosas, ni por qué la línea entre los vivos y los muertos siempre me ha resultado tan confusa. No sé por qué algunas almas se quedan y otras no. La de mi madre no se quedó. La de mi padre tampoco. Se elevó desde su cuerpo y flotó brevemente, liberada de su peso. ¿Han visto el calor elevándose por encima de un campo brillante y difuminando los contornos del mundo? Es lo que parece un alma que abandona la tierra. Al menos para mí. A otros puede parecerles otra cosa, pero sólo puedo catalogar mis propias percepciones.

Mittenwool le cerró los ojos a mi padre suavemente. Yo ni siquiera podía llorar, porque convivía con este misterio. Hasta hoy, y han pasado años, no puedo entristecerme demasiado por el paso de almas de un mundo al otro, porque sé cómo es, sé que van y vienen entre épocas a lo largo de nuestra vida. Ahora creo que es similar a los hierrotipos de mi padre. No vemos la imagen hasta que la acción de la luz del sol, o de algún otro agente misterioso, da forma a lo invisible. Pero están ahí.

El sheriff Chalfont me miró por encima del cuerpo de mi padre y vi lo mucho que le apenaba.

—Lo siento mucho, Silas —me dijo.

Yo no podía articular palabra. El sheriff bajó la cabeza y suspiró profundamente. El ayudante Beautyman, que seguía detrás de mí, con la mano en mi hombro, me rodeó con el brazo y presionó con fuerza. Apoyó la barbilla en mi otro hombro y me abrazó.

Me resultaba extraño sentir tanta ternura por su parte, pero lo agarré del brazo y lo apreté con más fuerza de la que jamás había tenido en la vida, porque él vivía y respiraba. Y lo necesitaba.

5

Nos quedamos en la cueva. Los detalles de lo que ocurrió esa noche me resultan un poco borrosos. Sé que después de que el polvo se hubiera asentado, vimos que la cueva se abría a una enorme caverna, de unos doce metros de alto por treinta de ancho. Estaba ordenada, como un almacén. En todos los rincones, recovecos y grietas había barriles llenos de productos químicos, y montones de dinero falso de la altura de un hombre. Todo cubierto de un polvo fino que no era necesario que me dijeran que era nitrato de plata. Reconocí el olor de inmediato. El ayudante Beautyman había metido a Rufe Jones en la cueva y lo había atado espalda con espalda con Ollerenshaw, que seguía inconsciente. Por alguna razón, ya sea porque Rufe Jones sabía que un juez podría ser indulgente con él si cooperaba o porque quería limpiar su conciencia, el muy astuto no dejó de hablar esa noche. Aunque había perdido un puñado de dientes y tenía un ojo cerrado por la hinchazón, empezó a contar detalles sobre la operación de falsificación, como si el sheriff y su ayudante estuvieran preguntándole. No era así. Sabían que un hombre había muerto. Lo propio era quedarse en silencio. Pero eso no detuvo a Rufe Jones.

—Ese artilugio de ahí es el torno geométrico —dijo con la misma voz cantarina que recordaba de la noche en que se llevó a mi padre—. La verdad es que esta vez no lo utilizamos demasiado. Estábamos probando algo nuevo. En la sala a su izquierda —señaló con la barbilla hacia el lado izquierdo de la cueva— utilizábamos disolventes para limpiar la tinta de los billetes. Apuesto a que quieren saber de dónde sacamos los billetes, ¿verdad?

—Cállate —le dijo el ayudante.

Rufe Jones se encogió de hombros y escupió otro diente.

—Pensé que querrían conocer todos los detalles de la operación, eso es todo.

—Debería matarte ahora mismo por dispararme a la oreja —le contestó el ayudante.

—¡No fui yo! Tengo una pésima puntería.

—Cierra la boca.

—Por cierto, testificaré contra Ollerenshaw. Conozco todos los detalles de su operación. Cooperaré a cambio de cierta indulgencia. Asegúrense de decírselo al juez.

—Deja de hablar —le ordenó el sheriff.

Todo esto sucedía en algún lugar detrás de mí mientras yo seguía sentado junto al cuerpo de mi padre, que habían cubierto con una manta. Mittenwool estaba a mi lado, con el brazo apoyado en mi hombro. No me había movido de allí en todo el tiempo.

—Sólo quiero que sepan que no creía que las cosas acabarían tan mal —siguió parloteando Rufe Jones—. No soy un hombre de carácter violento. Soy falsificador, no asesino. Pregúntenselo a cualquiera.

—Cierra el pico de una vez —le advirtió el ayudante Beautyman.

—Yo creo que todo esto fue culpa del doctor Parker —siguió diciendo Rufe Jones—. Se suponía que él era el cerebro de la operación, pero no supo descubrir los productos químicos y salvar su vida. Él fue quien le habló a Ollerenshaw del fotógrafo de Boneville. Fue lo único que hizo. Le dijo a Ollerenshaw que había un fotógrafo que había retratado a su esposa y que sabía imprimir fotografías en papel. Entonces Ollerenshaw fue a Boneville para ver qué podía descubrir sobre ese hombre, y cuando se enteró de que era escocés… Bueno, no necesitó más para convencerse de que se trataba de Mac Boat, el legendario falsificador, que vivía con un nombre falso. Y nos convenció a todos.

Creo que estuvo mirándome todo el tiempo mientras hablaba, pero yo no lo miré ni una sola vez.

—En definitiva, cuando Ollerenshaw volvió —siguió parloteando Rufe Jones—, me ordenó que me llevara a los gemelos y un par de caballos más, y que trajera al fotógrafo a la cueva. Y eso hice. No fue nada personal. Y recuerden que, si hubiera traído al niño, como se suponía que debía hacer, ahora mismo estaría tieso, como su padre. Así que, de alguna manera, le salvé la vida... porque soy buena persona. Esto es lo que deberían decirle al juez si les pregunta...

No terminó la frase porque el ayudante Beautyman, que se había acercado a él por detrás, lo golpeó en la cabeza por segunda vez aquella noche y volvió a dejarlo inconsciente.

—Por fin —dijo el sheriff Chalfont en tono agotado.

—Las personas deben saber cuándo han de callarse —dijo Beautyman, y volvió a vendarse la oreja, que aún sangraba mucho.

Sin Rufe Jones parloteando, la cueva se quedó inquietantemente silenciosa. En aquel momento me sentía un poco raro. Como si flotara, incorpóreo, y me viera desde arriba. Vi que parecía digno de lástima. Muy pequeño. Y muy solo. Volvía a tener la mitad de la cara cubierta de sangre seca, como antes de entrar en el bosque. Pero esta vez no era mi sangre, sino la de mi padre, porque había apoyado la cara en su pecho antes de que lo cubrieran con la manta. Me veía desde otro lugar. Recuerdo haber pensado: «Debe de ser mi destino, vivir a medias en este mundo y a medias en el otro».

—Oye, Silas, ¿por qué no vienes a sentarte un rato a mi lado? —me dijo el sheriff en tono amable.

Él estaba sentado junto a una cesta de manzanas. Era la única comida que los falsificadores tenían en la cueva.

—Estoy bien —le contesté.

Para entonces me había dejado de sangrar la nariz, aunque estaba hinchada y me dolía. Pero apenas sentía el resto del cuerpo.

—¿Tienes hambre? —me preguntó tendiéndome una manzana.

Aunque la zona del brazo que le había rozado la bala había dejado de sangrar, tenía la manga cubierta de sangre. También podría ser la sangre de mi padre. No lo sé.

Negué con la cabeza.

—Oye, Jack, cuando hayas terminado de curarte la oreja, ¿por qué no intentas localizar los conejos que cazamos? —dijo el sheriff—. Vamos a prepararle a Silas un buen guiso caliente. Aquí no hay nada más que manzanas.

—De acuerdo, ahora voy —contestó el ayudante.

Sustituyó los billetes empapados en sangre que había utilizado para cortar la hemorragia de la oreja por un nuevo fajo, que sujetaba con el sombrero, y empezó a bajar la escalera.

—Y, Jack —gritó el sheriff—, cuando estés abajo, echa un vistazo al poni, ¿quieres? Asegúrate de que esté atado para que no se vaya.

—Poni no se escapará —le dije en voz baja.

—Tírame un par de manzanas, Desi —pidió el ayudante—. Ese poni mágico merece una recompensa por haber derribado a esa cotorra. Deberías haber visto las coces que le daba. Nunca había visto nada igual.

El sheriff le lanzó un par de manzanas, y el ayudante bajó por la escalera hasta el arroyo.

Unas horas después, la cueva olía a estofado de conejo. Chalfont me ofreció un poco y me acercó la cuchara a los labios, como si fuera un bebé, para animarme a comer, pero no pude tragar nada. Tanto él como el ayudante Beautyman se turnaron para vigilarme durante el resto de la noche. Eran hombres buenos.

DIEZ

Ahora no temo ni los mares ni los vientos.

FRANÇOIS FÉNELON
Las aventuras de Telémaco, 1699

1

A primera hora de la mañana siguiente, el sheriff Chalfont escaló el desfiladero para ver si había alguna señal del doctor Parker, pero el hombre de los dedos azules, herido por mi bala y los dientes de Argos, hacía mucho que se había marchado. No lo dije en voz alta, pero me sentí aliviado, porque eso significaba que no lo había matado. Aunque por su culpa mi padre se había visto metido en este lío, no lo quería muerto. Ya había visto bastante muerte.

—No tardarán en arrestarlo —dijo el sheriff cuando volvió a la cueva—. No hay muchos hombres con los dedos azules en el mundo.

Y tenía razón, ya que unos días después detuvieron al doctor Parker mientras intentaba meterse de polizón en un barco de vapor que se dirigía a Nueva Orleans.

—¿Quieren saber cómo se le pusieron los dedos azules? —preguntó Rufe Jones, como un niño que intenta impresionar a sus profesores. Incluso con las manos y los pies atados, y la cara hinchada con moretones en forma de huellas de cascos, estaba tan hablador como la noche anterior—. Por el nitrato de plata.

—Por el tartrato férrico, idiota —murmuré.

Rufe Jones sonrió.

—¡Ya ves, Roscoe! —exclamó dando un codazo a Ollerenshaw, que, tras haber pasado toda la noche inconsciente, por fin se había despertado—. ¡El chico sabe lo que dice! Quizá deberíamos habérnoslo llevado a él en lugar de a su padre.

—No tienes más que decirlo —me dijo Ollerenshaw. Su voz profunda me recordó a un mugido de vaca—. Puedes venir a trabajar para mí en cuanto vuelva a poner en marcha mi negocio.

—Si alguno de los dos dice una palabra más… —les advirtió el ayudante Beautyman levantando el puño.

Rufe Jones se calló en el acto, pero Ollerenshaw se rio como si no le importara nada. Tenía la arrogancia de un hombre acostumbrado a ser jefe, y por su frac de seda y su delgada corbata estaba claro que se creía más refinado que los demás hombres de la cueva.

—¿Qué vas a hacer, ayudante? —le preguntó sonriendo con aire de suficiencia—. ¿Sabes lo que te va a pasar cuando salga de la cárcel?

—No vas a salir de la cárcel —le contestó Beautyman riéndose—. Te tenemos bien atrapado. Además, tu socio está deseando empezar a cantar contra ti.

—¡No es verdad! —gritó Rufe Jones, aterrorizado.

—No me importa en absoluto —dijo Ollerenshaw en tono frío como el hielo—. Rufus Jones sabe que todo hombre que se cruza en mi camino no dura mucho en el mundo. En cuanto a mí, no hay un juez de aquí a la ciudad de Nueva York al que no pueda sobornar.

El ayudante Beautyman dio otro paso amenazador hacia él, pero Ollerenshaw no pareció inmutarse. Entonces el policía se agachó delante de él.

—No es demasiado tarde, ayudante —siguió diciendo Ollerenshaw—. Aquí hay mucho dinero, como puedes ver. ¡Más que suficiente para todos! Si eres listo…

No terminó la frase porque le escupió en la cara un salivazo de tabaco, lo que consiguió que Ollerenshaw se callara, al menos un rato.

Cuando llegó el momento de marcharnos, el sheriff tomó la delantera y esperó junto al arroyo mientras el ayudante obligaba a Ollerenshaw y a Rufe Jones a bajar por la escalera a punta de pistola. Después les ataron las muñecas con largas cadenas que habían arrancado del torno y se las pasaron alrededor de los tobillos. No había forma de que aquellos criminales escaparan, ni siquiera si encontraban un lugar donde esconderse. Pero a la clara luz de la mañana las paredes a ambos lados del desfiladero eran tan altas como lo habían sido la noche anterior. «Como los muros de Troya», pensé mirándolas.

—Como los muros de Troya —dijo Mittenwool, como si me leyera la mente.

Ahora estaba a mi lado. Me tomó de la mano mientras el ayudante Beautyman bajaba de la cueva con cuerdas el cuerpo de mi padre. Lo habían envuelto en una manta limpia, que lo cubría de la cabeza a los pies, como un sudario, así que me libré de ver sus extremidades cayendo sin fuerzas contra la pared del desfiladero. Creo que verlo así me habría resultado demasiado duro.

Cuando mi padre estuvo en el lecho del arroyo, los tres, los dos policías y yo, levantamos su cuerpo y lo colocamos con cuidado encima de Poni. Aseguramos la manta con cuerdas, que envolvimos por debajo del borrén trasero y por encima del delantero, para que mi padre no resbalara de la silla. La manta era verde, con diminutas flores amarillas bordadas por todas partes. Era muy bonita a la luz de la mañana.

Caminamos de regreso por la orilla del arroyo hacia el saliente de detrás de las cataratas. Rufe Jones y Ollerenshaw arrastraban los pies uno al lado del otro entre los dos policías, y yo los seguía con Mittenwool, junto a Poni y mi padre. Me daba la impresión, y no creo que me lo estuviera imaginando, de que Poni pisaba las rocas con mucha delicadeza. Su paso era siempre suave y firme, como he comentado, pero ahora avanzaba aún con más cuidado. Los golpes de sus cascos resonaban ligeramente en el tranquilo aire matutino del cañón.

Supongo que cualquiera que no supiera nada habría creído que Poni llevaba una alfombra enrollada que cubría ambos lados de la silla. No habría sabido que dentro de la manta verde estaba el tranquilo zapatero de Boneville, el más inteligente de los hombres, que memorizaba libros con una sola lectura y había inventado una fórmula para imprimir fotografías en papel con sales de hierro. No habría sabido que dentro de la manta verde estaba el mejor padre que un niño podría haber esperado. Ni que el niño lloraba ríos enteros por dentro.

Cuando llegamos al saliente, encontramos a los hermanos Morton donde los habíamos dejado, tiritando en calzoncillos debajo de las mantas de silla de montar que, gracias a la amabilidad de Matilda Chalfont, yo les había echado encima.

Cuando vieron a Rufe Jones y Roscoe Ollerenshaw atados y amordazados, empezaron a llorar como bebés.

En ese momento, el sheriff Chalfont tomó la decisión de dejarlos en libertad. Dijo que creía que estaban arrepentidos y que, después de todo lo que habían visto, se mantendrían alejados del mundo del crimen. El ayudante Beautyman no estaba tan seguro, pero a mí la decisión me pareció bien. El sheriff devolvió a los gemelos sus dos caballos y sus sombreros, uno de ellos manchado de color rojo oscuro por la sangre del ayudante.

—Ahora ya podrán diferenciarte —dijo Beautyman colocando con fuerza el sombrero ensangrentado sobre las orejas de Seb. O quizá fueron las de Eben, no lo sé.

No les devolvieron las armas. Ni la ropa, que todavía llevaban puesta los policías.

—No quiero volver a verlos por aquí —les advirtió el sheriff Chalfont, muy serio.

—¡No, señor! —dijeron al unísono, sin terminar de creerse que los hubieran soltado. Luego, todavía en calzoncillos, con las mantas de las monturas sobre los hombros, dieron la vuelta a sus caballos y se adentraron en el bosque lo más rápido posible. Espero que acabaran en California y encontraran una mina de oro. No les deseaba nada malo. Estaba cansado.

Enterramos a mi padre debajo del saliente, entre los dos lados del arroyo, donde crecía la hierba de primavera.

—¿Quieres decir unas palabras? —me preguntó el sheriff Chalfont después de haber metido su cuerpo en la tierra.

Negué con la cabeza. Tenía mucho que decir, pero no en voz alta.

—¿Tu padre era religioso? —me preguntó amablemente—. ¿Quieres que rece?

—No —le contesté—. Era un hombre de ciencia. Era un genio. Pero no era religioso.

Mittenwool me miró desde el extremo de la tumba de mi padre.

—«¡Oh, alegría! ¡Oh, maravilla…!» —me recordó. Era el poema que tanto le gustaba a mi madre.

—«¡Oh, alegría! ¡Oh, maravilla y deleite! ¡Oh, misterio sagrado! —dije en voz alta—. Mi alma es un espíritu infinito…» —no pude recordar el resto. Y aunque hubiera podido, me quedé sin voz.

El sheriff Chalfont me dio unas palmaditas en la espalda, y él y el ayudante Beautyman echaron la tierra de los bordes de la tumba sobre el cuerpo de mi padre. Encontraron una roca lisa que utilizaron como lápida y grabaron estas palabras:

AQUÍ YACE MARTIN BIRD

2

A última hora de la tarde subimos el sendero de detrás de las cataratas. Los caballos de los policías estaban exactamente donde los habíamos dejado. Nos habíamos llevado los demás al desfiladero, pero, aunque había caballos más que suficientes para todos, el ayudante Beautyman hizo que Rufe Jones y Ollerenshaw compartieran una montura. Los puso a ambos en el robusto caballo que habíamos traído para el inspector Farmer.

—Es indignante —dijo Ollerenshaw, muy enojado—. ¡Exijo que me dejen montar mi caballo! —lo dijo mirando a Poni.

—No, que es un caballo demonio —murmuró Rufe Jones estremeciéndose.

—Ese caballo vale más dinero del que verás en toda tu vida —le espetó Ollerenshaw arrastrando las palabras—. ¡Escúchenme, palurdos! —gritó entonces a los policías—. Si creen que voy a dejar que unos vulgares campesinos como ustedes se lleven mi caballo, son más tontos de lo que pensaba. ¡Lo hice importar de El Cairo hace sólo dos meses! ¡Directamente de la corte de Abbas Pasha!

—Supongo que te gustan los caballos elegantes —contestó el ayudante Beautyman, que cabalgaba a su lado.

Ollerenshaw giró rápidamente la cara pensando que iba a volverle a escupir tabaco. Pero el ayudante lo levantó de la silla y le dio la vuelta, de modo que se quedó cabalgando al revés, de cara a la parte trasera del caballo.

—¡Mira, Desi! —exclamó riéndose a carcajadas—. ¡Un asno montando a otro!

Ollerenshaw se enfureció.

—Te arrepentirás —dijo entre dientes—. En cuanto salga de la cárcel, ayudante, recuperaré mi caballo, y luego iré por ti y desearás no haber…

No pudo terminar lo que iba a decir porque Beautyman agarró el fajo de billetes ensangrentados que llevaba sobre la oreja herida y se los metió en la boca. Los empujó hasta el fondo y después los aseguró con una cuerda. Ahora Ollerenshaw estaba rabioso, se le salían los ojos de las órbitas, y las venas de su frente parecían gusanos azules. Su ataque de histeria sólo sirvió para que el ayudante se riera alegremente, por supuesto. Me miró para ver si aprobaba lo que acababa de hacer. Y luego dirigió a Petunia de regreso al frente de la fila.

Desafortunadamente, por cómico que le hubiera parecido al ayudante, no se dio cuenta de que esta posición dejaba a Ollerenshaw frente a mí todo el camino de vuelta a Rosasharon, ya que yo seguía en la retaguardia de nuestra pequeña procesión.

Mientras cabalgábamos por el bosque, Ollerenshaw, que estaba amordazado, se dedicó a mirarme con una expresión de lo más maliciosa en los ojos. Su rostro, sin pelo a excepción de las largas patillas negras, me ponía nervioso cuando me miraba. Sabía que su única intención era incomodarme, o bien porque yo montaba su caballo, o bien porque mi padre había sido su perdición. Pero, sinceramente, nunca había visto tanta crueldad. Mi padre me había protegido tanto toda mi vida que nunca me había acercado a este nivel de maldad en un ser humano. La viuda Barnes no había sido amable, desde luego, y los niños que se reían de mí podrían haber sido más simpáticos. Pero no ser amable o simpático no es lo mismo que ser cruel. Quizá sea el primer paso en el camino hacia ese final inevitable. Pero aun así no es lo mismo. Y ser ahora víctima de esa crueldad me dolió no sólo por la acción en sí, sino por la maldad que conllevaba que un hombre adulto se dedicara a intentar aterrorizar a un chico que acababa de perder a su padre. De todos los fantasmas que he visto, ninguno me ha parecido tan desprovisto de vida como Roscoe Ollerenshaw.

Hasta ese momento no había llorado, porque la muerte de mi padre todavía era algo que estaba considerando y sentía la necesidad de contener mis emociones hasta que estuviera a salvo y solo. Pero la mirada inquebrantable de Ollerenshaw me desconcertaba. Sentía que temblaba y que se me llenaban los ojos de lágrimas. El corazón me latía en los oídos.

—Basta —dijo Mittenwool, y al principio pensé que hablaba conmigo. Caminaba a mi derecha junto a Poni, con las manos en los bolsillos, pero enseguida me di cuenta de que se dirigía a Ollerenshaw, que estaba delante de nosotros.

Pero lo que me sorprendió hasta la médula fue que aquel criminal giró la cabeza hacia la izquierda, como si hubiera oído la voz de mi amigo. Esto era nuevo para mí.

Entonces Mittenwool se colocó junto a su caballo y se acercó todo lo que pudo a la cara de Ollerenshaw.

—Asesino —le dijo en voz baja.

Ollerenshaw movió la cabeza. Volvió a mirar a su alrededor para ver quién se lo había dicho. Que pudiera oír a Mittenwool, aunque no lo viera, fue una revelación para mí. Nunca en toda mi vida lo había visto recurrir a este tipo de táctica corpórea, en la que literalmente acosaba a una persona. Se burlaba de una persona.

—Asesino —repitió, y ahora Ollerenshaw abrió los ojos como platos. Si no hubiera estado amordazado, habría gritado—. ¡Asesino!

El hombre me miró para ver si yo oía lo que estaba oyendo él. Vi en sus ojos una mirada horrorizada, pero ni me inmuté.

—¡Asesino! —volvió a gritar Mittenwool. El viento se llevó la palabra. Resonó en el aire. Lo gritó una y otra vez—. ¡Asesino! ¡Asesino! ¡Asesino!

Ollerenshaw estaba ya medio enloquecido y destrozado, mirando descontroladamente a su alrededor. Si hubiera podido taparse los oídos con las manos, lo habría hecho, pero tenía las manos atadas a la espalda. No podía protegerse de la voz de Mittenwool. Empezó a sacudir la cabeza de izquierda a derecha y a mover los hombros hacia arriba y hacia abajo, como para librarse de los sonidos de su cabeza. Su cuerpo se convulsionaba como si le estuvieran picando avispones invisibles.

—¿Qué te pasa, Roscoe? —murmuró Rufe Jones intentando mirar hacia atrás.

Pero Ollerenshaw no le contestó, seguramente porque sus propios maullidos le impedían oírlo, y siguió gimiendo incluso después de que Rufe Jones le diera un codazo para que se callara. Cerró los ojos y le castañeteaban los dientes, como si tuviera fiebre alta. Tenía la cara blanca como la ceniza.

Entonces Mittenwool dejó de gritarle, pero se acercó mucho a él. Creo que Ollerenshaw sentía su aliento caliente en la oreja, porque abrió los ojos de par en par.

—Si vuelves a acercarte a este niño —le susurró lentamente Mittenwool—, incluso si lo miras, no volverás a tener un momento de paz en tu vida. Porque me aseguraré de que toda persona a la que hayas asesinado se levante de entre los muertos para atormentarte, como yo lo estoy haciendo ahora, todos los días y todas las noches mientras vivas. ¿Me oyes, Roscoe Ollerenshaw?

El hombre miraba hacia adelante sin ver nada, con los ojos llenos de lágrimas. Asintió salvajemente y sollozó.

—Y ese poni ya no es tuyo —siguió diciéndole Mittenwool—. Es suyo. Si le dices a alguien lo contrario, o si intentas quitárselo, iré…

—No, no, por-por favor —sollozó Ollerenshaw encogiéndose patéticamente y volviendo a cerrar los ojos—. Por favor, por favor, por favor… —masculló una y otra vez.

Mittenwool dio un paso atrás con una cara que nunca le había visto. Pálida, dura y aterradora. Estaba sin aliento, ya que todo movimiento en el mundo material le exigía mucho esfuerzo, y nunca había hecho algo parecido a lo de ahora. Redujo la velocidad para que yo pudiera alcanzarlo. Luego se acercó y me tomó la mano.

—No volverá a molestarte —me dijo.

—Gracias —le susurré.

Levantó mi meñique.

—¿Ves este dedo meñique? —preguntó.

Contuve el aliento. No era necesario que dijera el resto, pero cuando lo hizo…

—Hay más grandeza en tu dedo meñique —me susurró con los ojos brillantes— que en todos los Roscoe Ollerenshaw del mundo. No es digno de tus lágrimas, Silas.

Tardamos unas tres horas en llegar a Rosasharon. Podríamos haber llegado antes, pero atravesamos el bosque lentamente.

3

A medida que nos acercábamos a la ciudad, los árboles se espaciaban y poco a poco los campos salvajes daban paso a tierras de cultivo, bordeadas por altos setos y cercas. Los caballos, sintiendo que se acercaban a los establos, aceleraron el paso. Sentía que también mi corazón latía más rápido. Una parte de mí quería volver a lo más profundo del bosque, esconderse en la noche azul oscura y no volver a ver ni a hablar con nadie nunca más.

En ese momento el sheriff Chalfont redujo la velocidad de su caballo y se acercó a mí. Mittenwool, que caminaba a mi lado, se apartó para dejarle sitio. Sólo por este gesto supe que el sheriff le caía bien.

—¿Cómo estás, Silas? —me preguntó el sheriff en voz baja.

—Bien —contesté.

—¿Qué tal tu nariz? Haremos que el médico te la examine cuando lleguemos a la ciudad.

Moví la cabeza.

—Oh, muy bien, gracias. ¿Y su brazo?

Sonrió.

—Está bien. Gracias.

Cabalgamos un rato en silencio y después se giró hacia mí.

—Silas, me preguntaba si tienes a alguien en Boneville con quien te gustaría que contactáramos. ¿Algún pariente?

—No. No tengo a nadie.

—¿Amigos? ¿Vecinos?

—Hay un ermitaño llamado Havelock que vive a un kilómetro y medio de nosotros —dije—, pero no es exactamente un amigo.

Asintió. Su yegua blanca, que parecía enamorada de Poni, acercó el hocico al de mi caballo. Observamos en silencio mientras los dos animales intercambiaban suaves mordiscos y empujones.

—Bueno, Silas —dijo—, si quieres, puedes quedarte en Rosasharon conmigo y con mi mujer, Jenny. Al menos hasta que estés listo para volver a tu casa.

—Gracias, señor.

—Puedes llamarme Desi.

Carraspeé.

—Desi.

Ahora nos habíamos quedado bastante rezagados del resto del grupo, pero no hicimos ningún esfuerzo por alcanzarlos.

—Gracias por todo lo que ha hecho por mí —dije—. Por venir conmigo a la cueva y todo eso. Si no lo hubiera hecho, no habría tenido la oportunidad de volver a ver a mi padre.

Se puso muy serio y habló con voz ronca.

—Me alegro de que hayas tenido esa oportunidad, Silas. Pero lamento que no hayamos llegado antes… —su voz se fue apagando.

—No podríamos haber hecho nada para que las cosas fueran diferentes. Desde el momento en que este poni volvió a buscarme ha sucedido lo que tenía que suceder.

Me miró como si fuera a decirme alguna cosa más, pero o no se le ocurrían las palabras adecuadas o al final decidió no añadir nada, porque se limitó a asentir con tristeza y giró la cara. Aun así, sabía que tenía algo en mente. Sabía que había oído lo que me había dicho mi padre. Tardó unos minutos más en reunir el valor suficiente.

—Silas, ¿te importa si te pregunto una cosa? —me dijo por fin, casi en un susurro.

—En absoluto.

—¿Quién es Mittenwool?

Tenía preparada mi respuesta.

—Oh, no es nadie —le contesté encogiéndome de hombros—. Es sólo un amigo imaginario. Supongo que usted lo llamaría así. Es como lo llamaba mi padre.

El sheriff Chalfont sonrió, casi como si hubiera esperado esta respuesta.

—Aaah —contestó mirando al frente—. Mi hermana tenía amigos imaginarios. Cuando era pequeña, tenía dos amigas mayores que venían a tomar el té con ella todos los días. Las llamaba «sus compañeras». Era una joven muy dulce. Yo era un hermano mayor malísimo, debo admitirlo. Solía burlarme de ella. Mi hermana lloraba porque yo no podía ver a sus amigas —se quedó ensimismado hacia el final de esta frase.

—¿Qué les pasó a las compañeras de su hermana? —pregunté.

—Oh, bueno, creció y las dejó de ver, por así decirlo. O al menos dejó de hablar de ellas cuando tenía unos dieciséis años, unos años antes de que nos mudáramos al oeste —hizo una pausa para ver si me interesaba lo que estaba contándome, y al ver que sí siguió hablando—. Mi familia era del norte. Nuestro padre era pastor, un hombre muy comprometido con la abolición de la esclavitud, y toda la familia vino a Kansas para ser colonos sin esclavos. Pero aproximadamente un año después de que llegáramos, la pobre Matilda, mi hermana, quedó atrapada en el fuego cruzado entre unos forajidos proesclavistas de la frontera y un par de guerrilleros que se oponían a ellos. Me quedé destrozado, como puedes imaginar.

Lo miré.

—Se quedan con nosotros, ¿sabe?

Se rascó la nariz.

—Seguro que sí.

—No. De verdad. Se quedan con nosotros —no quería seguir mirándolo en ese momento. Sus ojos parecían demasiado anhelantes—. La conexión entre las personas no se rompe. Se aferran a nosotros, como nosotros nos aferramos a ellos. ¿A su hermana le gustaba el pudin de ciruelas? Apuesto a que sí.

Como dije, no estaba mirándolo directamente, pero con el rabillo del ojo vi que abría un poco la boca y que juntaba las cejas.

—Lo cierto es que le gustaba —contestó lentamente.

—Apuesto a que hubo momentos en los que lamentaba haber comido más de lo que le correspondía.

Tragó saliva e intentó reírse para ocultar el temblor de su barbilla. Parecía haberse quedado sin palabras.

Lo tranquilicé.

—¿A quién no le gusta el pudin?

En ese momento vi a Matilda Chalfont, que había estado caminando cerca, sonreírme antes de desaparecer entre los árboles.

El sheriff Chalfont se había quitado el sombrero y se rascaba la cabeza. Al final volvió a ponérselo, se pellizcó la nariz, aspiró profundamente y tosió cubriéndose la boca con la mano.

—Vas a caerle muy bien a mi mujer, Silas —me dijo con voz entrecortada.

—¿Por qué lo dice?

—Sólo sé que así será.

—¿Ella hace pudin?

Esto le hizo reír un poco.

—Lo cierto es que hace un pudin maravilloso.

—Nunca he comido pudin —dije.

Y de repente, sin venir a cuento, empecé a llorar. No eran sólo lágrimas rodando por mis mejillas, sino un llanto tembloroso y sollozos. Empezó a dolerme la cabeza y se me nublaron los ojos.

El sheriff se inclinó y pasó el brazo por mis hombros.

—Vas a estar bien —me dijo en tono amable—. Todo irá bien. Te lo prometo. Mi Jenny te cuidará muy bien.

Me pasé las manos por la cara, agradecido por sus dulces palabras, y durante el resto del camino de regreso cabalgamos juntos en silencio, con nuestros dos caballos uno al lado del otro. Hasta que llegamos a la ciudad y alcanzamos a los demás, el sheriff no observó la expresión petrificada de Roscoe Ollerenshaw en la parte trasera del caballo. Estaba abatido, pálido y con los ojos cerrados con fuerza. Temblaba.

El sheriff me dio un codazo.

—Parece que haya visto un fantasma —me comentó alegremente.

No pude evitar sonreír.

4

La captura de Roscoe Ollerenshaw fue una gran noticia, tanto en el Medio Oeste como en el noreste, de donde era. Unos días después de nuestro regreso, un periodista viajó desde la ciudad de Nueva York hasta la casa del sheriff Chalfont sólo para entrevistarme sobre mi papel en la captura de este famoso criminal. Se habían difundido noticias sobre el «Caballo Demonio» que había subido por el arroyo y había proporcionado la distracción que los policías necesitaban para ganar ventaja en el tiroteo. Fue Rufe Jones, hablador como siempre incluso en la cárcel del condado, quien difundió esta extravagante historia. Unos años después, estando aún en prisión, escribiría unas memorias tituladas *Cinco años fuera de la ley. El relato de mi vida entre falsificadores, contrabandistas y portadores de dinero falso.*

El periodista, que había traído una cámara de placa húmeda, le tomó una foto a Poni para publicarla en su periódico. Me preguntó cómo se llamaba mi caballo y pensé en todos los nombres que había descartado. Le contesté que Poni, sencillamente, pero por el rostro del periodista entendí que mi respuesta le había parecido insatisfactoria. Supongo que por eso mantuvo el nombre de Caballo Demonio, más dramático, en el titular del periódico.

Después de que tomara la foto, charlamos un rato sobre su cámara. Le impresionaron mis conocimientos sobre las ruedas de engranaje y las mezclas de albúmina. Cuando le dije que mi padre había utilizado una combinación de sales de hierro, nitrato de plata y ácido tartárico para su solución, me comentó: «¡Qué brillante innovación del método Herschel!». Me enorgulleció pensar en lo adelantado que había estado mi padre a su tiempo.

Por los periódicos me enteré de más detalles sobre los doce años de actividad criminal de Roscoe Ollerenshaw. Su banda de falsificadores se había extendido desde la cueva del Hueco hasta el Pantano Negro y el este de Baltimore. En total, le habían confiscado quinientos mil dólares en billetes falsos, réplicas de los impresos por la American Bank Note Company, cuyos intrincados matices se consideraban «imposibles de falsificar». Esto los habría hecho especialmente valiosos si alguna vez se hubieran puesto en circulación. Según el *Detector de billetes falsos de Ohio de 1861*, «de los cientos de billetes falsos que hemos examinado, informamos que sin duda son los mejores que hemos visto. Una obra de puro genio».

Puro genio.

Agradecí que ni el nombre de Martin Bird ni el de Mac Boat aparecieran en ninguna parte. De hecho, no volví a oír este último nombre.

Un nombre que sí surgió, porque para el sheriff Chalfont era un misterio sin resolver, fue el del inspector Farmer. Durante un tiempo el sheriff intentó localizar al viejo representante de la ley, al que yo había descrito con gran precisión y que había desaparecido tan misteriosamente. Al final, como no encontró ni rastro de él, llegó a la conclusión de que el viejo debía de haber muerto a causa de sus heridas en algún lugar del bosque. No le dije lo que había visto en la cueva. No había razón para hacerlo. Ni él ni su ayudante vieron lo que yo vi, por supuesto. Tampoco Rufe Jones, que estaba escondido debajo de una manta esperando escapar. Y si Ollerenshaw vio algo, nunca dijo una palabra a nadie. Después de que Rufe Jones y el doctor Parker testificaran en su contra en el juicio, Ollerenshaw fue condenado a cadena perpetua. Parece que, al final, el juez al que había estado tan seguro de que podría sobornar no dictaminó a su favor. Unos meses después de su condena, se dijo que Ollerenshaw empezaba a oír voces dentro de su celda. Lo trasladaron a un manicomio para criminales dementes, y es lo último que supe de él.

En la época del juicio encontré un artículo que enumeraba, en letra muy pequeña, los nombres de todas las víctimas de Roscoe Ollerenshaw a lo largo de los años. Hacia el final de la lista estaba el nombre del inspector estadounidense Enoch Farmer, asesinado mientras perseguía a la banda de Ollerenshaw en el Bosque Hueco en abril de 1854. Esto había sido unos seis años antes de que yo lo conociera, por supuesto.

Sea cual sea el destino que hizo que mi camino se cruzara con el del inspector Farmer, le estaré eternamente agradecido. Si no hubiera sido por él, no habría encontrado a mi padre. Espero que ahora que Roscoe Ollerenshaw ha comparecido ante la justicia, el viejo inspector Farmer haya encontrado un poco de paz. Espero que ya no le duela la espalda. Y que su cantimplora siga llena de lo que sea que le hace feliz.

5

Aproximadamente una semana después de que se produjeran estos acontecimientos, estaba una mañana desayunando cuando Jenny Chalfont miró por la ventana de marco rojo de su bonita casa de tablillas blancas y dijo:

—Oh, Dios mío, pero ¿qué es eso?

Todavía era tímido con ella, así que sonreí amablemente y miré mi plato de pudin. La verdad es que no estaba acostumbrado a estar con mujeres. No estaba acostumbrado a estar con nadie en general, ni a una casa que oliera a pan recién horneado y de vez en cuando a perfume. Y no estaba acostumbrado a la facilidad con la que las personas podían hablar entre sí. Como dije una vez, mi padre no era un hombre hablador. Siempre había mantenido mis conversaciones más largas con Mittenwool.

La casa del sheriff Chalfont estaba al final de una carretera con otras dos casas, colina arriba desde el centro de Rosasharon. Los establos se hallaban en la parte de atrás, que es donde teníamos a Poni. Delante había un jardín con un roble joven, rodeado de flores silvestres amarillas. La ventana de la cocina daba al jardín.

—¿Qué pasa, cariño? —le preguntó el sheriff Chalfont levantando la mirada de su plato.

No llevaban mucho tiempo casados y se hablaban en tono dulce y con la amable alegría que yo esperaba compartir algún día con alguien.

—Un perro —le contestó ella sonriendo. Sus ojos, oscuros y profundos, parecían siempre a punto de reírse—. Al menos, creo que es un perro. Está sentado en el jardín. Parece que la ha pasado mal, pobrecito.

Sus palabras despertaron mi curiosidad, por supuesto, de modo que me levanté de la silla para mirar por la ventana.

Allí, sentado en la hierba, entre las flores, mirando la casa, estaba Argos.

—¡No es posible! —grité. Quizá los Chalfont nunca me habían visto tan animado. Me llevé las manos a la cara y, de hecho, me reí—. ¡Es Argos! ¡Es mi perro, Argos!

—¿Qué?

Salí y Argos se me acercó brincando con sus piernas temblorosas, meneando la cola de rata y ladrando alegremente. Me arrodillé, lo abracé y dejé que me lamiera las lágrimas de la cara. Nunca he sentido tanta alegría como en ese momento.

¿Cómo llegó hasta allí? Los Chalfont supusieron que, después de darle un mordisco en la pierna al hombre de los dedos azules, lo siguió por el bosque hasta la cueva, donde luego siguió mi olor hasta Rosasharon. Al fin y al cabo, era un perro de caza. Tenía sentido.

Yo, por supuesto, sabía que había sido Mittenwool el que lo había guiado hasta mí. Mittenwool estaba justo detrás de

Argos, con los brazos cruzados triunfalmente y una sonrisa satisfecha en su rostro. Llevaba unos días sin verlo, aunque supuse que era porque él también era tímido y no estaba acostumbrado a estar rodeado de gente. Pero ahora sabía lo que había estado haciendo.

ONCE

Hijo mío, búscate otro reino que sea digno de ti.

PLUTARCO

1

Las conexiones que nos unen son asombrosas, como he comentado. Los hilos invisibles se entretejen en nuestro interior, a nuestro alrededor, y nos jalan en lugares y momentos que quizá nunca veamos o que sólo tienen sentido con el tiempo. Esto es lo que he visto.

Así descubrimos que Jenny Chalfont había conocido a mi madre de niña. Una tarde estábamos sentados en la sala y Jenny nos leía en voz alta, como hacía todas las noches antes de cenar. Era una buena costumbre. Desimonde fumaba su pipa, una ligera voluta de humo se elevaba desde su boca mientras escuchaba, y yo estaba absorto, hechizado, con la cabeza de Argos apoyada en mi regazo.

En definitiva, que estábamos un día sentados los tres en la sala, y Jenny terminó un relato de Edgar Allan Poe.

—«Es el latido de su horrible corazón» —recitó, y cerró el libro con gesto dramático—. ¡Fin!

Desimonde y yo jadeamos y después aplaudimos.

—¡Maravilloso! —exclamó él.

—Creo que no volveré a pegar ojo —bromeó Jenny abanicándose. Y unos segundos después—: ¿Quieren que lea otro?

—¡No más misterios, por favor! —dijo Desimonde aga-
rrándose teatralmente el pecho—. Mi corazón no puede soportarlo.

—¡Dice el valiente sheriff de Rosasharon! —contestó enseguida Jenny, que volvió a colocar el libro en el librero de la
sala.

Como ya he comentado, esta forma de comunicarse tan
fácil y desenfadada continuaba siendo nueva para mí. Me des-
cubría sonriendo abiertamente y asintiendo mucho, pero sin
saber cómo ser yo mismo con ellos, por muy buenos que fueran
todos conmigo.

—¿Qué tal si, en lugar de leernos otro relato, nos tocas
una canción? —sugirió Desimonde dando una larga calada a
su pipa—. Jenny toca el clavicordio, Silas. Es una mujer con
muchos talentos.

—Bueno, no serán tantos —replicó ella quitándose importancia—. Sé tocar bien cinco canciones, y otras treinta muy mal.

Me reí.

—De hecho, me atrevería a decir que el señor Poe podría
escribir una historia aterradora sobre mi forma de tocar —siguió diciendo, sentándose al clavicordio. Empezó a hojear las
páginas de su libro de música y después me miró con sus ojos
juguetones.

—Silas, no he podido evitar ver que trajiste un violín —me
dijo—. ¿Por qué no lo sacas y tocas conmigo? Apuesto a que
eres muy bueno.

Sentí que me sonrojaba.

—Ah, no sé tocar —contesté rápidamente—. El violín era
de mi madre.

—Oooh… —dijo ella con una sonrisa triste.

Hasta ese momento apenas había hablado de mí con los Chalfont. Cada vez que me preguntaban cosas sencillas sobre mi vida, les contestaba vagamente, en especial cuando hablaba de mi padre. Y después de comentarles que mi madre había muerto el día que yo nací, no les quedó mucho por lo que preguntar.

—Bueno, si algún día quieres aprender a tocar, estoy seguro de que Jenny puede enseñarte —dijo Desimonde.

—¿Yo? —exclamó ella.

—¿No tocabas el violín?

—¡Pero cuando era pequeña! —dijo riéndose y volviendo a hojear las páginas de su libro de música—. ¡Y era sin duda la peor alumna que había tenido mi profesora jamás! Estoy convencida de que la única razón por la que siguió dándome lecciones fue porque no tenía otra opción: yo era su vecina. Seguramente por eso se quedó tan encantada cuando nos fuimos de Filadelfia.

—Mi madre era también de Filadelfia —comenté por decir algo.

—¿De verdad? ¿Cómo se llamaba?

—Elsa.

Jenny dejó de hojear el libro y me miró.

—¿No sería Elsa Morrow? —me preguntó.

—No sé su apellido.

—¿Sabes dónde vivía en Filadelfia?

—No.

Jenny asintió, obviamente fascinada por la idea de haberla conocido.

—Bueno, Elsa Morrow, mi profesora, era unos diez años mayor que yo —dijo—. Recuerdo que era una chica encantadora. Muy guapa. Muy risueña. Iba a su casa dos veces por semana para que me diera clases. Vivimos en la puerta de al lado de su familia hasta que yo tuve nueve años, que fue cuando nos mudamos a Columbus. La verdad es que no sé qué fue de Elsa Morrow. Recuerdo que una vez oí que se había marchado de Filadelfia, aunque sus padres se quedaron.

—Mi madre dejó a su familia cuando se casó con mi padre —expliqué—. A sus padres no les gustaba mi padre. Creían que era demasiado humilde para ella.

—Sería una coincidencia increíble, ¿no? —comentó Jenny—. Elsa no es un nombre tan frecuente.

—Tampoco es un nombre tan raro —intervino Desimonde, la voz de la sensatez.

—Pero ¿una Elsa que tocaba el violín en Filadelfia? —insistió.

—¿Qué señoritas de esos círculos no aprenden a tocar el violín? —le preguntó él con picardía—. Violín o clavicordio, *c'est de rigueur* en la alta sociedad, *n'est-ce pas?*

—Eres terrible, *monsieur* Chalfont —bromeó ella, y volvió a hojear las partituras.

—Una vez su padre echó los perros de caza a mi padre —dije, porque se me ocurrió.

Jenny se detuvo en seco.

—Oh, Dios mío —susurró llevándose, con sorpresa, los dedos a los labios.

—¡No me digas que la familia de Elsa Morrow tenía perros de caza! —dijo Desimonde un tanto atónito.

Jenny abrió los ojos como platos.

—Sí —contestó muy despacio, mirándome como hipnotizada—. Ay, Desimonde, no puede ser…

El sheriff ya había sacado su pequeña libreta para tomar unas notas.

—Mañana telegrafiaré a un abogado que conozco en Filadelfia —dijo—. Debería poder buscar en los registros del condado. No te preocupes, cariño, llegaremos al fondo de este tema.

—Y acababas de decir que no querías más misterios —le contestó su mujer sin dejar de mirarme con asombro.

Cuatro días después, Desimonde llegó a casa desde su despacho a media mañana y saltó de la calesa con una gran sonrisa en el rostro. Agitaba un telegrama, y tuvo que hacer un gran esfuerzo por no leérmelo en voz alta mientras esperábamos a que Jenny bajara corriendo la escalera.

—Mi amigo abogado acaba de mandarme esto —dijo cuando ella llegó, casi sin aliento. Y leyó el telegrama en voz alta.

Querido Desimonde. Stop. Encontré un certificado de matrimonio de Elsa Jane Morrow y Martin Bird. Stop. Lo firmó un juez de paz en el despacho del secretario del condado el 11 de mayo de 1847. Stop.

Jenny se tapó la boca con las manos.

—¡Las maravillas nunca cesan! —gritó, y se le llenaron los ojos de lágrimas.

No terminé de entenderlo hasta que me colocó las palmas de las manos a ambos lados de mi rostro aturdido.

—¡Silas, eres el hijo de Elsa! —me dijo muy contenta—. ¡Mi niño querido! ¡Eres el hijo de Elsa Morrow! Y de todos los lugares del mundo a los que podrías haber ido a parar, aquí estás, con nosotros. ¿No lo ves? ¡Seguro que fue Elsa la que te guio hasta aquí! ¡Para que yo te cuidara! Me dejarás hacerlo, ¿verdad? Te quedarás a vivir con nosotros, ¿no? Por favor, dime que te quedarás.

Estaba demasiado desconcertado como para entender todo lo que me estaba diciendo, pero su felicidad me llenó de algo que no había sentido en mucho tiempo. Al menos desde el momento en que aquellos jinetes aparecieron en plena noche y destrozaron el mundo que había conocido. Tenía la sensación de que, de alguna manera, había vuelto a casa. Quizá no al mismo lugar que había dejado, pero sí al lugar en el que debía estar.

Sonreí a Jenny con cierta timidez, ya que me sentía realmente abrumado por la emoción, y ella me abrazó con fuerza. Por un momento, cuando cerré los ojos, noté como si los brazos de mi madre llegaran hasta mí desde sólo Dios sabe dónde.

Porque estaba en casa.

2

Quedaba un último misterio, y aunque nunca lo he revelado a nadie, lo contaré aquí y ahora.

Pasé los siguientes seis años con Desimonde y Jenny Chalfont, que eran para mí como una verdadera familia. Nunca necesité nada mientras estuve a su cuidado. Comía como nunca había comido. Hasta entonces jamás me había considerado pobre, pero ahora me daba cuenta de que mi padre y yo lo habíamos sido. No indigentes, porque teníamos algo para comer todos los días, pero éramos pobres según los estándares de muchas personas. A menos que puedas comer libros. En ese sentido éramos ricos. Cuando el viejo Havelock empaquetó el contenido de nuestra casita de Boneville, la carreta sólo se llenó de libros. Además de la cámara y el telescopio de mi padre. Mula y Mu se quedaron con él. No sé qué fue de las gallinas.

Los Chalfont me enviaron a la escuela en Rosasharon, donde nadie estaba al corriente de mis excentricidades ni pensaba que estaba «confundido». Allí me fue muy bien. Tuve una maestra maravillosa, que no me menospreciaba por las cosas que no sabía y que me elogiaba por las que sí sabía. Fui a la escuela con un entusiasmo y un deseo de aprender que jamás hubiera creído posible tras haber pasado por la clase de la viuda Barnes. Además, para entonces ya había interiorizado que no debía contar lo que las personas no iban a entender, de manera que me guardé a Mittenwool para mí. Él estuvo de acuerdo, por supuesto. Decidimos mantener nuestro mundo común en secreto.

Cuando Desimonde y Jenny tuvieron a sus dos hijas, me convertí en un hermano mayor para ellas. Así es como pasé a ser parte de la familia. La hija mayor se llamaba Marianne. La más joven, Elsa, aunque la llamábamos Elsie. Durante un tiempo, cuando aún era muy pequeña, parecía que Elsie también veía a Mittenwool. Él la mecía en su cuna, y ella le sonreía y se reía cuando le hacía muecas cómicas. Me gustaba verlo actuar como lo había hecho conmigo cuando yo era pequeño. Pero, con los años, a medida que Elsie aprendió a andar y a hablar, Mittenwool empezó a desvanecerse de su visión y después incluso de su memoria.

Para ser sincero, a medida que me hacía mayor y dedicaba cada vez más tiempo a las personas vivas que nos rodeaban, incluidos nuevos amigos, profesores y conocidos, pasaba cada vez menos tiempo con Mittenwool. Al menos ya no era como había sido hasta entonces. Mis primeros recuerdos siempre lo habían incluido, estaba en todas partes donde yo estaba, jugaba al escondite conmigo o corríamos por el campo, detrás del granero. Jugábamos a las canicas y a la rayuela, y dábamos vueltas delante de la casa hasta marearnos.

Pero ahora venía a verme con menos frecuencia. A veces, cuando yo volvía de un largo día en la escuela y me lo encontraba leyendo en mi habitación, bromeábamos y nos reíamos sin hacer ruido. En otras ocasiones lo veía caminando a mi lado por la calle, lo miraba y me sonreía con su sonrisa chiflada. Pero a veces pasaban muchos días sin verlo y sin que tan siquiera pensara en él. Llegó un momento en que llegué a ser tan alto como él, lo cual me resultaba raro. Aún fue más raro cuando me hice mayor. Porque él siempre tenía dieciséis años, pero yo me estaba convirtiendo en un hombre.

Mittenwool vino conmigo cuando fui al norte para asistir a la universidad. También Poni. No me había convertido en un hombre alto, como mi padre, sino que me había quedado en una estatura y una complexión medias. A veces me pregunto si mi cuerpo no ha crecido tanto sólo para no ser nunca demasiado grande para montar a Poni. Marianne y Elsie me suplicaron que lo dejara en casa para que ellas pudieran montarlo, porque les encantaba más que nada en el mundo dar brincos encima de él mientras se deslizaba por los bonitos campos de la colina, detrás de la casa. Pero no podía dejar a Poni.

Sí les dejé, sin embargo, mi caballo negro, el que había montado mi padre muchos años atrás. Tras la captura de Roscoe Ollerenshaw, el animal había pasado a ser propiedad de la American Bank Note Company, pero al final me lo devolvieron como recompensa por haber ayudado a capturar a aquel criminal. Lo llamé Telémaco, y demostró ser un gigante amable. Las chicas estaban encantadas con él.

3

El día en que me embarqué en la siguiente gran aventura de mi vida fue más difícil de lo que pensaba. A diferencia de la última vez que salí de casa, en esta ocasión tuve mucho tiempo para prepararme y organizarme el viaje. Era mayor, presuntamente más sabio, llevaba la ropa adecuada y contaba con una buena educación; por fin sentía que formaba parte del mundo. Aun así, cuando llegó el momento de ir a la universidad, me sentí inesperadamente frágil. Como un niño. Lo cual no era malo, porque, a pesar de las privaciones y la soledad, mi infancia había tenido sus encantos. Pero era la sensación de estar al capricho del mundo lo que me hizo volver a tener doce años y sentirme como si estuviera a punto de entrar en el bosque por primera vez.

Nos despedimos en la estación de tren. Dejé a Poni en el vagón de los caballos y luego volví al andén, donde las personas que se habían convertido en mi familia estaban esperando para decirme adiós. Las chicas lloraron, me apretujaron y me rogaron que no me marchara. Les prometí que estaría en casa por Navidad.

El sheriff Chalfont, que ahora llevaba un gran bigote y unas patillas que cubrían sus hoyuelos juveniles, me abrazó y me dio unas palmaditas en la espalda. Me dijo que escribiera a menudo, que les avisara si necesitaba cualquier cosa y que me echaría de menos a mí y nuestras excelentes conversaciones.

Jenny me besó cariñosamente en las mejillas y me bendijo. Me susurró al oído:

—Tu madre estaría muy orgullosa de ti, Silas. Muy orgullosa del hombre en el que te has convertido. Igual que yo lo estoy.

—Gracias, Jenny, por lo buena que has sido conmigo.

Se giró antes de que pudiera ver sus lágrimas. No quería hacerme llorar.

Pero la persona que lo consiguió fue el ayudante Beautyman. Tenía que ser él. Con el paso de los años nos habíamos hecho muy buenos amigos. Seguía llamándome «enano» y de vez en cuando me sacaba la lengua, pero yo ya sabía, como me había dicho el sheriff Chalfont años atrás, que era más amable y mucho más inteligente de lo que parecía. Se había dejado el pelo largo para cubrir su destrozada oreja izquierda, que hacía todo lo posible por mantenerla siempre metida debajo de una gorra militar.

Ahora se quitó la gorra y dejó al descubierto la gran cicatriz en la frente de una herida que había sufrido unos años antes en el campo de batalla. Tanto él como Desimonde se habían unido al XLIII Regimiento Ohio al principio de la guerra, y ambos resultaron heridos en la batalla de Corinth, en 1862. Las heridas en la pierna de Desimonde se curaron rápidamente. Las heridas de la cabeza de Jack no. Tuvo que estar casi un año en el hospital recuperándose, pero después sufrió una melancolía debilitante, que los médicos atribuyeron a su pasado como soldado. Aunque yo sabía que había algo más.

Había conocido a Peter, el amor de Jack, en el hospital cuando fui a visitarlo una noche, al principio de su recuperación. Peter estaba sentado junto a la cama de Jack, sosteniendo su mano con gran ternura. Me dijo que era oficial de caballería, aunque no recordaba los detalles de su muerte, ni de dónde era, ni siquiera cuándo había conocido a Jack. Pero lo que sabía con absoluta claridad era que Jack había sido el gran amor de su vida y que quería que él lo supiera. Tardé unos meses en contarle a Jack todo esto, después de que mejorara, porque no estaba seguro de cómo reaccionaría. En realidad, me sorprendió lo poco sorprendido que se quedó cuando se lo conté todo.

—Siempre he sabido que había algo extraño en ti, enano —fue todo lo que llegó a decirme, pero supe que se alegraba de que se lo hubiera contado. Nunca volvimos a hablar de este tema.

Ahora, en el andén, me dio la gorra que se había quitado.

—Quiero que te la lleves —gruñó a su manera áspera.

—No, Jack, quédatela. Ya tengo un sombrero —le contesté señalando el elegante sombrero de copa que acababa de comprarme para mis viajes.

—Era de Peter —me susurró al oído—. Su hermana me la envió después de su muerte. Quiero que la tengas. Como recuerdo.

Tomé la gorra y la giré en las manos.

—Gracias, Jack.

Me dio un gran abrazo y después me apartó bastante bruscamente. Sentí que se me hacía un nudo en la garganta e intenté sonreír entre las lágrimas que fluían, pero en ese momento ya había subido a Elsie sobre sus hombros y estaba dándole vueltas. No volvió a mirar hacia mí.

Subí al tren. Me asomé a la ventana para saludarlos mientras el convoy se alejaba de la estación. Primero iría a Filadelfia. Desde allí tomaría el tren a Boston y después un carruaje hasta Portland.

El país acababa de salir de la sangrienta carnicería de su guerra civil, y por todas partes se veían las cicatrices. Mientras el tren avanzaba por el campo de Pensilvania, pasé por zonas devastadas por el fuego de los cañones y casas marcadas por las balas, torcidas y esqueléticas, en las colinas. Una ciudad había ardido totalmente, sólo quedaban las paredes carbonizadas de los edificios aquí y allá, y árboles que parecían altos picos negros que se elevaban desde la tierra árida.

Yo era demasiado joven para haber luchado en la guerra, pero, mirara hacia donde mirara, había hombres que aparentaban mi edad en los andenes y en las calles. Todos ellos parecían perdidos y cansados, y murmuraban para sí mismos de esa manera que conozco tan bien. Fantasmas de soldados que volvían a casa.

He llegado a aceptar que es mi destino en la vida ver a estas personas, las que están atrapadas entre este mundo y el siguiente, o no están preparadas para seguir adelante. Aunque suelen mostrar las heridas por las que fallecieron y puede resultar aterrador contemplarlas, me he acostumbrado a verlas. Estas almas sólo buscan reconocimiento, quizá que los vivos recuerden que estuvieron aquí una vez, respirando el mismo aire, que no las olviden. No es un precio tan alto poder honrarlas y de vez en cuando hablar con ellas, o transmitir mensajes tranquilizadores a los seres queridos que dejaron atrás. Ojalá hubiera sabido todo esto cuando estuve en el pantano. Cuando volví allí años más tarde, para encontrar a aquella mujer y llevarle algo de consuelo, ya se había ido. «Se van cuando están listos», me había dicho Mittenwool. Y tenía razón.

Varios de estos hombres muertos vinieron a sentarse conmigo en el vagón del tren cuando estaba solo y me hablaron de sus heridas, sus remordimientos, sus tristezas y sus alegrías. Algunos me pidieron que les enviara un mensaje a sus padres, a sus amigos, a sus amores. Incluso cuando no recordaban su nombre, siempre recordaban a quién amaban. He aprendido que eso es a lo que nos aferramos para siempre. El amor trasciende. El amor continúa. El amor guía. Un tipo al que le habían clavado la bayoneta entre los ojos seguía secándose la sangre que corría por sus mejillas como lágrimas mientras me cantaba la canción de cuna que yo tenía que cantarle a su niña, si alguna vez tenía la oportunidad de conocerla.

4

Cuando llegué a Filadelfia, fui a ver al amigo abogado de Desimonde, el mismo que había encontrado el certificado que confirmaba el matrimonio de mi madre y mi padre. No me llevó mucho tiempo localizar la casa en la que creció mi madre. Esperé unos días antes de ir.

Dirigí a Poni a una casa de la calle Spruce, donde un mozo de cuadra me recibió y llevó a Poni a los establos. Subí la escalera hasta una gran puerta de entrada con paneles, flanqueada a ambos lados por altas columnas de mármol. Un mayordomo me llevó al vestíbulo cuando le dije que tenía que hablar de negocios con la dueña de la casa.

—Dígale que soy Silas Bird —le dije en voz baja quitándome el sombrero.

Me pidió que esperara en el salón, una gran sala con cuadros de cuerpo entero en ornamentados marcos dorados. Me senté en el sofá de terciopelo rojo, y frente a mí había un diván de seda verde con orquídeas amarillas. Llevaba conmigo el violín bávaro de mi madre.

Una anciana entró a la sala con una enfermera que la atendía. Necesitaba ayuda para andar y tenía los ojos grises y nublados, pero parecía estar bastante bien para su edad. Calculé que tendría unos ochenta años. Me levanté del sofá e incliné la cabeza educadamente.

Me miró fijamente y me señaló con el bastón.

—¿Has venido a pedirme dinero? —me preguntó con voz ronca.

—No, señora —le contesté. No sentía nada por ella, así que no me sentí ofendido ni sorprendido. No esperaba nada—. Sólo pensé que le gustaría saber que existo. Soy el hijo de su hija, Silas Bird.

Asintió y por un segundo me sostuvo la mirada.

—¿Dónde está? ¿Dónde está mi Elsa?

—Murió el día que yo nací.

La anciana bajó la mirada y pareció encogerse. El brazo de la enfermera evitó que se cayera.

—Lo sabía, supongo —me dijo con los ojos llenos de lágrimas—. Pero pensaba que quizás… algún día volvería a verla.

«Volverá a verla», pensé, pero no se lo dije.

—¿Y estás bien? —me preguntó recuperándose—. Tienes buen aspecto. Parece que te educaron bien.

Asentí.

—Sí. Estoy de camino a la Universidad de Maine. Mi padre me crio hasta su muerte, cuando yo tenía doce años. Desde entonces vivo con una familia en Rosasharon. La mujer era amiga de mi madre cuando era pequeña.

—Oh. ¿Quién es?

—Jenny Chalfont. De soltera, Jenny Cornwall.

—Oh, sí, los Cornwall. Vivieron aquí hace mucho tiempo. Los recuerdo.

—Han sido muy buenos conmigo.

—Bien. Bien. ¿Y qué quieres?

—Nada.

—¿Es ése el violín de Elsa? —me preguntó temblando.

—Sí.

—¿Me lo has traído?

—No. Es todo lo que tengo de mi madre.

—¿Y por qué lo trajiste?

—Es todo lo que tengo de ella —repetí.

Torció la boca, y quizás algo en mi respuesta hizo que se suavizara, porque me contestó en voz baja:

—Déjame darte un daguerrotipo de Elsa. Molly, ¿me lo traes? El del tocador de arriba.

La enfermera que la atendía, una mujer joven de largo pelo rojo y brillante, la ayudó a sentarse en el diván verde y después salió de la sala. Volví a sentarme en el sofá de terciopelo rojo.

Esperamos en silencio. Pensaba que le haría un millón de preguntas si alguna vez tenía la ocasión, pero no se me ocurrió ninguna.

—Es un violín Mittenwald, ¿lo sabes? —dijo por fin mirando la funda del violín, que estaba en mi regazo.

Asentí amablemente. Y luego levanté la mirada.

—Le ruego que me disculpe. Perdón. ¿Qué dijo?

—¿Sabes tocar? —me preguntó sin haber oído mi pregunta.

—No, no sé tocar. ¿Dijo un Mittenwald?

—Sí. Se lo compramos a Elsa en Baviera. Son los mejores fabricantes de violines del mundo. Tenía un gran don para la música.

Sonreí y me recliné en el sofá.

—También cantaba —añadió—. Solía cantar una canción a todas horas. Ojalá recordara el título…

Supe de inmediato de qué canción estaba hablando. Prácticamente podía oír la voz de Mittenwool cantándomela de nuevo. De repente todo me quedó muy claro. Pero no dije nada. Dejé que sus palabras se desvanecieran en el aire como una canción de cuna.

Molly volvió a la sala. Abrió el daguerrotipo para mostrárselo a la anciana, que frunció los labios y le indicó con un gesto que me lo diera. Me lo entregó. Por primera vez, aparte de en mis sueños, vi cómo era mi madre. En la brillante imagen reflejada, su rostro me miró. Ojos luminosos, atrevidos y curiosos. Seguramente tenía más o menos mi edad ahora. Era tan hermosa y estaba tan llena de vida que me conmovió hasta las lágrimas.

—Gracias —dije, casi incapaz de encontrar mi voz. Carraspeé—. Mi padre no tenía fotos de ella. A veces creo que por eso se hizo fotógrafo. Para compensar el retrato que nunca hizo.

La anciana tosió. Creo que lo hizo porque no quería que hablara de mi padre. Así que me levanté rápidamente.

—Bueno, debería irme ya —anuncié.

No se lo esperaba.

—Oh, bueno, ¿quieres algo más de mí? —se apresuró a decir—. Ahora estoy sola, ya lo ves. Mi hijo murió hace mucho tiempo. Después Elsa nos dejó. Y mi marido murió hace años. Te pareces a él.

—No, no lo creo. Me parezco a mi padre —contesté enseguida secándome los ojos con los nudillos. Me puse mi elegante sombrero e incliné la cabeza con amabilidad—. Me preguntó si quería algo. No quiero nada, pero si me concede el placer de caminar un poco por sus terrenos, se lo agradecería mucho. Jenny me habló de un estanque en la parte de atrás en el que mi madre solía nadar. Me encantaría verlo y pasear por los terrenos en los que mi madre pasó su juventud.

Mi abuela, porque supongo que eso es lo que era, hizo un gesto a Molly para que la ayudara a ponerse de pie, lo cual hizo.

—Por supuesto —contestó con voz débil, moviendo el dorso de su pequeña mano hacia mí—. Ve a donde quieras.

Pensé que me iba a despedir, así que me dispuse a marcharme, pero al pasar junto a la anciana, extendió la mano y me tocó el codo. Me detuve, y ella, todavía mirando hacia abajo, me tomó del brazo. Luego, sin decir una palabra, me atrajo hacia ella y subió sus manos marchitas por mis brazos como si estuviera subiendo una escalera. Tenía más fuerza de lo que pensaba mientras me pasaba los brazos alrededor del cuello y pegaba su mejilla a la mía. Sentí que respiraba mi olor, y yo pasé los brazos alrededor de su frágil cuerpo como si estuviera sujetando una delicada concha.

5

Monté a Poni por los campos durante varias horas. Era una finca hermosa. La casa principal era una mansión georgiana de ladrillo rojo con ventanas y postigos blancos, y en la parte trasera había un gran invernadero y un huerto de cerezos. El estanque con peces estaba al final del huerto, en una pendiente, entre un grupo de sauces llorones.

Me había alejado de la casa. Era última hora de la tarde. El cielo empezaba a adquirir tonos violetas. El sol parecía incendiar la hierba. No pude evitar pensar en la primera noche de mi primer viaje, cuando me acercaba al bosque. El paisaje también parecía en llamas. Detrás de mí, donde se ponía el sol, el mundo que había conocido estaba en llamas. Había dejado atrás mi antigua vida para no volver jamás. Pero aquí estaba, hasta cierto punto continuando ese mismo viaje, como un peregrino que ha vuelto a encontrar el camino cuando creía que lo había perdido. Yo no lo había perdido. No había perdido nada.

Desmonté, me senté en la orilla del estanque y miré a mi alrededor. No se veía un alma. Sólo a Mittenwool, sentado en una gran roca y mirándome. Llevábamos días sin decirnos una palabra. Era mi compañero, como siempre, y lo quería, como siempre. No necesitábamos hablar.

Abrí la funda del violín. Era la primera vez que la abría en años. El violín era tan bonito como lo recordaba. La oscura madera de arce brillaba a la luz de la hora dorada, y las clavijas de marfil relucían. Me imaginé las manos de mi madre tocando y me llenó de pesar no poder escuchar su voz cantando la melodía en mi mente, ni siquiera en mi memoria.

Saqué el violín de la funda y observé el panel trasero interior a través de las delicadas filigranas. Allí, en una etiqueta de seda pegada al reverso, estaba el nombre del fabricante del violín: SEBASTIAN KLOZ, ANNO 1743, EN MITTENWALD. Nunca la había visto. Nunca se me ocurrió buscarla. Pero ahí estaba. Todo este tiempo.

Respiré hondo y solté un largo suspiro. Después dejé el violín en la suave hierba.

En la parte trasera de la funda, debajo del forro de terciopelo burdeos, había un pequeño bolsillo secreto. Supongo que estaba destinado a guardar cuerdas de repuesto, pero no era eso lo que contenía. De ese bolsillo saqué una hoja de papel doblada. La abrí. Era un mapa cuidadosamente dibujado, y en el reverso, con la elegante letra de mi padre, estaba escrito:

Mi queridísima Elsa:

Ahora que te lo he contado todo, es como si mi alma se hubiera quitado de encima un gran peso. Que aun así me ames es la única prueba que necesito de que la naturaleza del corazón humano es divina. Lo único que puedo ofrecerte es un mundo de nuevos comienzos y trabajo honesto, pero me esforzaré todos los días por ser digno de tu amor. Y si por casualidad te decides por un camino diferente, no te preocupes, cariño, porque si no puedo estar contigo en este mundo, te encontraré en el próximo. De eso me has convencido. El amor encuentra su camino a través de los siglos.

Tuyo,

MARTIN

Di la vuelta a la página, miré el mapa y vi el cuidadoso dibujo, con detalles minuciosos que sólo mi padre podía haber observado. Con su prodigiosa memoria, recordaba dónde estaba plantado cada sauce, la forma del estanque y dónde terminaba el huerto de cerezos y empezaban las colinas de suave pendiente. Todo estaba allí, dibujado con precisión en tinta negra. Mi padre era un artista en todos los sentidos. Había sido un hábil grabador y diseñador. Un genio.

En tinta roja sobre el intrincado mapa había una línea de puntos, que seguí. Terminaba entre los dos sauces, al otro extremo del estanque. Allí, equidistante entre estos dos árboles, había una gran X con un círculo alrededor. Conté los pasos entre los árboles, los dividí por la mitad y marqué el lugar con la bota. Saqué el pequeño pico que había llevado conmigo, aunque no lo necesité. Cuando empecé a cavar me di cuenta de que el suelo era blando. No tuve que cavar demasiado para encontrarlo. Un baúl con rebordes de latón, que saqué de la tierra. Aunque pesaba, pude arreglármelas solo, como mi padre debió de hacer en su momento. Yo también tenía la llave. Él me la había apretado en la mano mientras agonizaba. Debió de guardarla en la cámara secreta del tacón de su bota durante muchos años. No sabía qué abría aquella llave, pero la escondí y no se lo conté a nadie. Hasta ahora.

Metí la llave en la cerradura del baúl y la giré. La cerradura hizo clic y la tapa se abrió. Dentro brillaban monedas de oro. Me tapé la boca con el dorso de la mano. Una parte de mí habría querido no encontrarlas, pero si había que encontrarlas, habría querido saberlo. Y ahora lo sabía. ¿Mis padres tenían previsto volver algún día? Nunca lo sabré.

Chasqueé la lengua para llamar a Poni, que vino. En las cuatro bolsas de cuero que colgaban de las cuatro esquinas de su silla de montar, que había traído conmigo sólo para este propósito, repartí todas las monedas de oro de manera uniforme. No pesaban demasiado para Poni. Luego volví a meter el baúl antiguo en la tierra y lo cubrí para que nadie lo encontrara jamás.

—¿Qué vas a hacer con ellas? —me preguntó Mittenwool, que se había colocado a mi lado mientras me iba alejando del estanque con Poni.

—Aún no lo sé —contesté—. Pero será algo bueno. Te lo prometo.

—Ah, lo sé, Silas. Lo sé.

Me había quedado con una sola moneda de oro para mí, jugueteé un momento con ella entre los dedos y al final me la guardé en el bolsillo.

—Fue un buen padre para mí —dije.

—Sí, lo fue —contestó en tono amable.

—Fuera lo que fuera, fue un buen padre.

—«Cuando lo veas en Ítaca, no esperes que te parezca perfecto.»

—Sí. Sí. Muy cierto —dije, y carraspeé—. Lo entiendes muy bien.

Me dio unas palmaditas en el brazo. Sonreía, pero vi que estaba perdido en sus pensamientos.

Dos libélulas aparecieron de repente de la nada, y tras ejecutar una danza aeronáutica a nuestro alrededor, desaparecieron por encima del estanque. La superficie del agua brillaba en los tonos rojizos del atardecer, como si la luz la hubiera pintado.

—Recuerdas este estanque, ¿verdad? —le pregunté en tono amable.

Asintió sin mirarme.

—Acabo de recordarlo —me dijo. Respiró hondo y cerró los ojos—. Recuerdo que me sacó del agua, allí mismo —señaló en la dirección de donde veníamos—. Creo que yo había venido a ver a su hermano. Iba con él a clase, me parece —movió la cabeza y me miró—. Ahora no recuerdo los detalles. Fue hace mucho tiempo —se mordió el labio inferior, como hacía siempre que se concentraba mucho en algo—. Olvidé quitarme los zapatos. Sentí que pesaban como piedras al tirarme al agua —continuó en voz baja—. Tu madre hizo lo posible por salvarme. Lo intentó con todas sus fuerzas, pero al final no lo consiguió. Lloró desconsolada por mí. Acababa de conocerme aquella mañana, pero lloró mucho. Oh, Silas, me emocionó —se llevó una mano al corazón—. Y cuando más tarde mis padres vinieron a buscarme, fue muy amable con ellos. Muy buena. Sostuvo la mano de mi madre mientras me envolvían… —su voz se apagó. Volvió a mirar el estanque y absorbió todo lo que había a su alrededor—. Tocó el violín en mi funeral —añadió—. Fue muy hermoso. Se quedó conmigo.

—Y te quedaste con eso —le contesté lentamente.

Abrió un poco la boca.

—Supongo que sí —me susurró asintiendo—. Alguien le preguntó por el violín. «Es un Mittenwald», le dijo —me miró y, por primera vez en mi vida, vi lo joven que era. En realidad, sólo un niño—. Un Mittenwald —murmuró asombrado, con los ojos muy abiertos. Luego se rio un poco y se cubrió las mejillas con las manos, casi como si estuviera avergonzado—. ¡A qué cosas tan extrañas nos aferramos, Silas! —siguió diciéndome con voz temblorosa—. Fue la primera palabra que te dije cuando naciste. Fue la única palabra que pude recordar durante mucho tiempo.

—¿Recuerdas ahora cómo te llamas?

Respiró hondo.

—Creo que John —se le llenaron los ojos de lágrimas—. Sí. John Hills.

Nos detuvimos.

—John Hills —susurré.

—No —se le quebró la voz—. Para ti soy Mittenwool.

—Has sido muy buen amigo para mí, Mittenwool —dije en un murmullo.

Bajó la mirada.

—Pero si tienes que marcharte, no hay problema —seguí diciéndole—. Puedes marcharte. Estaré bien.

Me miró y sonrió levemente, casi con timidez.

—En ese caso, creo que me iré, Silas.

También yo sonreí y asentí. Luego me abrazó.

—Te quiero —dijo.

—Yo también te quiero.

—Volveremos a vernos algún día.

—Cuento con ello.

Respiró hondo, empezó a caminar hacia el estanque y se giró para saludarme por última vez. Luego se fue.

Un silencio se instaló en el prado. Me quedé allí, mirando a mi alrededor, mientras caía la noche. Por primera vez en mi vida estaba totalmente solo. Pero estaba bien. El mundo giraba. Deslumbrante. Me hacía señas. Y yo iría hacia él.

Subí a Poni y lo dirigí con suavidad cuesta abajo.

—Vámonos —le dije.

Y nos fuimos.

Del *Boneville Courier*, 27 de abril de 1872:

Un campesino de veinticuatro años, que recientemente heredó la propiedad de su difunta abuela en Filadelfia, anunció sus planes de convertir los terrenos en una escuela para huérfanos. El caballero, que hace sólo dos años terminó la universidad, donde se distinguió con los más altos honores académicos en Física y Astronomía, cita como inspiración las experiencias de su padre inmigrante, que se vieron obstaculizadas por la mala suerte, y sus propios recuerdos de haberse quedado huérfano a los doce años. Los lectores veteranos de este periódico recordarán la historia de un niño de Boneville alcanzado por un rayo hace muchos años. Es este mismo joven. El nombre que eligió para la escuela es Escuela John Hills para Niños Huérfanos, que toma su nombre de un niño que murió en esos terrenos hace años. Para el emblema, el joven caballero eligió la imagen de un rayo, estampado en la cabeza de un poni negro con la cara blanca.

OBSERVATORY, Cranford, Middlesex.

North Latitude.......... 51° 28′ 57.8″
  Min. Sec.
West Longitude......... 1 37.5

ENLARGED PHOTOGRAPHIC COPY

OF A PHOTOGRAPH OF

THE MOON

SEPTEMBER 7, 1857, 14—15
          HOUR

The Original Collodion Positive was obtained in five seconds,
by means of a Newtonian Equatoreal of thirteen inches
aperture and ten feet focal length.

Sir John W. Herschel Bart.
with Warren De la Rue's
Compliments

Sept 22/57

NOTA

No sé lo que vendrá, pero estaré a tu lado,
estaré a tu lado a lo largo de los siglos.

CLOUD CULT
«Through the Ages»

He pasado muchos años investigando para este libro, y espero que no se note.

Mi familia les contará que mi lugar favorito en el mundo, además de mi casa, son las tiendas de antigüedades. Los artilugios del pasado, con sus rasguños y sus bisagras rotas, me encantan. No los veo como restos de la historia, sino como conductos que nos llevan a ella, ya que casi puedo oír todas las cosas que tienen que contar.

Este libro es resultado de esos artilugios y de un sueño que mi hijo mayor tuvo una vez y relató con toda la viveza con la que un niño de doce años cuenta una historia. Aquel sueño de un niño con la cara medio enrojecida dio lugar, a través de un tortuoso camino, a la historia que narra este libro.

Los artilugios en sí mismos también se han abierto camino en estas páginas. Me ha interesado la fotografía desde que tuve mi primera Pentax K1000, cuando estaba en secundaria, y desde la adolescencia he coleccionado daguerrotipos, ambrotipos, tintipos y álbumes de la época victoriana llenos de fotos de gabinete. Utilicé daguerrotipos y ambrotipos en los primeros capítulos de este libro porque me inspiraron algunos de los personajes de esta novela y me ayudaron a darles forma física y, hasta cierto punto, emocional. Los daguerrotipos, al no tener negativo, son recuerdos únicos y, si se separan de su dueño, se convierten en reliquias anónimas de otra época. No hay forma de saber quiénes eran estas personas, y quizá por eso me parecen tan inquietantes y no puedo evitar imaginar historias para ellas. El daguerrotipo de la portada de este libro, por ejemplo, prácticamente escribió toda la novela por sí solo. Un joven padre. Un hijo pequeño. En la foto no aparece la madre. Algunas fotos pueden decir mil palabras. Otras, más de sesenta mil.

Mi amor por la fotografía no se limita a las fotos. Me fascina todo el equipo, tanto la maquinaria de las cámaras como los objetos y la ciencia lumínica que opera en su interior. Para poder escribir este libro, asistí a una clase de fotografía de colodión húmedo en la Penumbra Foundation de la ciudad de Nueva York, que me resultó de gran ayuda para entender los primeros procesos fotográficos y las cámaras.

La historia de la fotografía es uno de los mejores thrillers jamás contados. No es una historia lineal, sino, como en la mayoría de las ciencias, una complicada y matizada historia de innovadores descubrimientos que se producen simultáneamente en todo el mundo. Me resultaron de especial utilidad: *The Evolution of Photography*, de John Werge, 1890; *The Silver Sunbeam: A Practical and Theoretical Textbook on Sun Drawing and Photographic Printing*, de J. Towler, 1864, y *Cassell's Cyclopædia of Photography*, editado por Bernard Edward Jones, 1912. Basta con echar un vistazo a los descubrimientos científicos de un solo año, digamos 1859, disponibles en *The Annual of Scientific Discovery of 1859*, así como consultar otras fuentes, para ver cuántas grandes mentes han trabajado a lo largo de la historia en los mismos retos y han llegado a soluciones similares, con diversos niveles de éxito. El progreso se mide por estos éxitos y tiende a pasar por alto los fracasos, aunque unos no pueden existir sin los otros. Los propios científicos reflejan a menudo esto, ya que algunos alcanzan fama y fortuna en vida, y otros no. Louis Daguerre y William Henry Fox Talbot, por ejemplo, inventores del daguerrotipo y el talbotipo, respectivamente, fueron muy conocidos en su época, venerados y bien remunerados por sus amplias contribuciones. Frederick Scott Archer, sin embargo, que inventó el proceso de colodión húmedo en 1851, del cual deriva toda la fotografía moderna, murió en la pobreza tras haber gastado la mayor parte de sus escasos fondos en su investigación. En *Poni*, el hierrotipo de Martin Bird se basa en los descubrimientos de Archer, así como en el argentotipo de sir John Herschel, inventado menos de diez años antes. El sensibilizador que patentó Martin incluye ácido tartárico, un componente que, en la vida real, formaba parte de una fórmula patentada treinta años después como el proceso Van Dyke. No hay razón para creer que un hombre como Martin, un genio que no goza de grandes oportunidades, que ha tenido que confiar en su propio ingenio toda su vida, no pudiera haber encontrado esta fórmula. Martin es la representación de tantas personas cuyos éxitos se han perdido en la historia. Hay muchos genios desconocidos como él, incluido mi padre.

Curiosamente, el advenimiento y la evolución de la ciencia de la fotografía coincidieron con el surgimiento y el crecimiento del movimiento espiritualista estadounidense de mediados a finales del siglo XIX. Este movimiento no surgió de ninguna tradición religiosa concreta, *per se*, sino como resultado de informes, a menudo documentados en libros y periódicos, que se hicieron «virales» en un momento en el que se necesitaban años, y no segundos como en TikTok, para hacerse famoso. El surgimiento del espiritualismo fue instigado por la práctica de utilizar vocabulario y fenómenos científicos para explicar lo que solía aceptarse como incognoscible. Empleaba una terminología similar a la que encontramos en la fotografía, que a menudo aludía a «agentes misteriosos», tanto químicos como espirituales, a través de los cuales se ve algo nunca visto. En fotografía, ese agente misterioso es la luz del sol, que en 1827 Nicéphore Niépce utilizó, junto con el betún de Judea, para «fijar» permanentemente una imagen latente en una placa de peltre. En el espiritualismo no había una solución fijadora equivalente para capturar el mundo invisible, aunque a menudo se empleaba una verborrea que suena similar para fundamentarlo como seudociencia ante sus seguidores. Si quieren echar un fascinante vistazo a este mundo, busquen un ejemplar del bestseller de 1850 *The Night-Side of Nature*, de Catherine Crowe, o bien de *Footfalls on the Boundary of Another World*, de Robert Dale Owen, de 1860, o de *Light from the Spirit World*, de Charles Hammond, de 1852. Pensé que los temas de la fotografía y el espiritualismo encajaban muy bien, por eso ocupan un lugar tan destacado en esta novela. Al final, todo se reduce a «fe en lo desconocido», citando una canción de *The Seeker*, de Cloud Cult. Cada uno tiene su propio desconocido.

Además de las cámaras y fotografías antiguas y los grabados efímeros, me encantan los libros antiguos, que también se abrieron camino en esta novela, incluida mi edición de

1768 de *Las aventuras de Telémaco, Annual of Scientific Disco-
very of 1859*, el ya mencionado *The Night-Side of Nature*, una edición de 1854 del *Roget's Thesaurus of English Words and Phrases* y los cuatro volúmenes de la edición de 1867 de *A History of the Earth, and Animated Nature*. Los lectores pueden sorprenderse de la erudición del joven protagonista, Silas Bird, pero la realidad es que en aquellos tiempos se solía leer mucho. Aunque había novelas baratas, es poco probable que Silas hubiera tenido acceso a otra cosa que no fuera la literatura clásica en la casa llena de libros de Martin Bird. La verborrea y el lenguaje expresivo de Silas reflejan el tono florido de muchas de estas obras, que habrían formado su carácter y su espíritu, tanto como sus amigos y maestros, si los hubiera tenido. En cuanto a que le cayera un rayo, por improbable que parezca, este incidente se inspira en un breve capítulo del mencionado *The Annual of Scientific Discovery of 1859*, que detalla «los efectos fotográficos del rayo» y el «carácter arborescente» de huellas que los rayos han dejado en la espalda de personas. Como les dirán casi todos los escritores, a veces no puedes inventarte estas cosas.

Por último, en términos de inspiraciones antiguas para este libro, también debo mencionar mi amor por los viejos instrumentos musicales. Tengo una funda de violín «en forma de ataúd» de la década de 1850, que inició lo que empezó siendo una trama menor y acabó convirtiéndose en la clave del libro. El epígrafe de este libro es una variante de una balada folclórica del siglo XVIII titulada «Fare Thee Well», también conocida como «The True Lover's Farewell», «Ten Thousand Miles» y «The Turtle Dove». Nos ha llegado en varias formas y con letras diferentes, pero combiné mis tres versos favoritos para este libro. Es muy posible que Elsa Morrow hubiera tocado esta canción en su violín «bávaro», como aparecía en las colecciones de música de la época. En cuanto a los violines bávaros, al investigar qué tipo de violín podría tener Elsa Morrow, me atrajo la palabra *Mittenwald* o *mitten im Wald*, que en alemán significa literalmente «en medio del bosque». Después de leer el libro, probablemente las razones serán obvias. La idea del bosque como una especie de antiguo lugar impenetrable, que se remonta a los albores del tiempo conocido, aparece constantemente en estas páginas.

Investigué mucho sobre la falsificación para este libro y espero que el FBI no llame a mi puerta por mi historial de búsquedas en Google. Me resultaron especialmente útiles *A Nation of Counterfeiters*, de Stephen Mihm, 2007; *Three Years with Counterfeiters, Smugglers, and Boodle Carriers*, de George Pickering Burnham, 1875, y *Counterfeiting and Technology*, de Bob McCabe, 2016. El hecho de que Estados Unidos experimentara un aumento de la falsificación a lo largo del siglo XIX, que coincidió con la evolución de la fotografía y el auge del espiritualismo, me pareció una coincidencia temática demasiado grande para no incorporarla a esta historia.

En la novela, Elsa Morrow tiene un libro titulado *My Spirit*, de Anónimo de Ledbury. El poema es en realidad de Thomas Traherne, un escritor y teólogo inglés del siglo XVII. Me atrajo la fascinación de Traherne por lo que para él era la nueva ciencia del «espacio infinito», así como su reverencia por el mundo natural, que él creía que era el camino hacia la «felicidad» humana. Aunque durante varios siglos el mundo olvidó su obra, perdida en las bóvedas de una finca familiar de Herefordshire, fue descubierta en la segunda mitad del siglo XIX y posteriormente publicada y atribuida a él a principios del siglo XX. Es posible que fragmentos de la obra de Traherne, sin atribuir ni reconocer, pudieran haberse encontrado y publicado por medios privados, aunque no está demostrado. Los puestos de libros antiguos están llenos de obras «anónimas» impresas en letra tosca y adornadas por grabadores, por lo que, aunque no tengo pruebas de que un libro de este tipo se haya impreso alguna vez, tampoco las tengo de que no se haya hecho. Esto basta para una obra de ficción.

En cuanto al tipo de ficción, sé que esta novela puede ser etiquetada como histórica porque tiene lugar en el siglo XIX, pero tengo algo que decir al respecto: mi objetivo no era describir acontecimientos históricos reales, sino contar una pequeña historia que resulta que tiene lugar en un periodo de tiempo determinado. Las novelas históricas pueden verse como mapas de ruta a través de la historia, pero este libro es más como un río que la atraviesa. Silas se embarca en un viaje a través de bosques sin nombre a las afueras de una ciudad ficticia. Dado que casi todos los bosques del Medio Oeste seguramente fueron testigos de innumerables atrocidades cometidas contra los pueblos indígenas por los invasores europeos y estadounidenses a lo largo de los siglos, es natural suponer que Silas, un niño que ve fantasmas, también se encontraría con ellos mientras atravesaba territorios sagrados. Animo a los lectores a leer la extraordinaria *An Indigenous Peoples' History of the United States for Young People*, de Debbie Reese y Jean Mendoza, adaptada del libro para adultos de Roxanne Dunbar-Ortiz, para una descripción completa de los muchos y diversos pueblos que vivieron en estas tierras mucho antes de la llegada de los europeos, y las muchas batallas, tratados rotos, «expulsiones» y masacres que sufrieron en los siglos siguientes. Todos los libros de Tim Tingle, en especial *How I Became a Ghost*, son novelas muy bien escritas que se basan en acontecimientos históricos reales. La colección Birchbark House, de Louise Erdrich, también ocupa un lugar destacado en mi lista de recomendaciones.

Poni empieza en 1860, un año antes del inicio de la guerra civil estadounidense. Uno de los personajes, Desimonde Chalfont, menciona que su familia se mudó a Kansas como colonos para poder votar en contra de la expansión de la esclavitud en Estados Unidos. Su hermana menor, Matilda, fue asesinada en el fuego cruzado entre guerrilleros abolicionistas y forajidos de la frontera, que estaban a favor de la esclavitud. Aunque la historia familiar de Desimonde no es central en la trama del libro, habla del tipo de hombre que es. Para más información sobre el movimiento abolicionista, no hay mejores libros que los de Frederick Douglass, entre ellos, *Narrative of the Life of Frederick Douglass, an American Slave*; *My Bondage and My Freedom*, y *The Life and Times of Frederick Douglass*. En cuanto al ayudante Jack Beautyman, menciona haber estado en el bando perdedor de la guerra entre México y Estados Unidos, porque tanto él como Desimonde lucharon en el Batallón Saint Patrick contra Estados Unidos: Desi porque estaba en contra de la expansión gubernamental de la esclavitud, y Jack porque había oído que Santa Anna se había autoproclamado el «Napoleón del Oeste» y esperaba que México adoptara el código penal napoleónico de 1810, inspirado en la Declaración de los Derechos del Hombre y del Ciudadano de Francia de 1789, que despenalizaba la homosexualidad. Los dos hombres se hicieron amigos rápidamente mientras cumplían condena en una prisión de Río Grande, y después de que el acomodado padre de Desi comprara sus indultos «oficiales», se mudaron a California para extraer oro durante un año antes de trasladarse a Rosasharon. Esto, por supuesto, es sólo la historia de fondo que creé para ellos, no tiene nada que ver con los acontecimientos del libro, pero les tengo tanto cariño que pensé en compartir sus pequeñas historias aquí.

Aunque la mayoría de los personajes de este libro son hombres de una época y un lugar determinados en la historia estadounidense, en mi opinión ésta es una novela impulsada totalmente por una mujer. Una madre. Ella es el personaje principal, el que sobresale, conecta, impulsa y protege desde lejos dentro de los límites de lo que puede hacer, que son incognoscibles. En definitiva, éste es un libro sobre el amor, que nunca muere, y las invisibles conexiones que existen entre las personas, tanto los vivos como los muertos.

Mi mundo, mi ser, mi vida, mi amor por los libros, mi todo, fue guiado, alimentado, inspirado y motivado por una sola persona. Mi madre. Este libro es para ella.

AGRADECIMIENTOS

Gracias, Erin Clarke, mi increíble editora, por tus consejos y tu paciencia mientras concebía este extraño librito. Recuerdo la tranquilidad con la que recibiste la noticia, hace unos cinco años, de que había tirado a la basura, literalmente, las cuatrocientas páginas del manuscrito en las que había estado trabajando y que iba a empezar de cero, algún día, en un futuro sin concretar. Ese apoyo incondicional de un editor significa mucho para un escritor, y me alivia infinitamente que pienses que valió la pena esperar.

Gracias a Barbara Perris, Amy Schroeder, Nancee Adams, Alison Kolani y Artie Bennett, siempre presente, por su perspicaz y diligente corrección de estilo, y por hacer mi obra mejor y más sólida en todos los sentidos. Gracias a Jake Eldred por reunir a este fantástico equipo y asegurarse de que todos los pistones estuvieran encendidos y listos para el rápido cambio de rumbo. Gracias, también, a April Ward, Tim Terhune y el resto del grupo de diseño y producción por hacer que *Poni* sea un libro precioso, por dentro y por fuera. A Judith Haut, John Adamo, Dominique Cimina, quiero darles las gracias porque hemos estado juntos en esta aventura desde 2012, y agradezco mi buena suerte por haber encontrado mi Equipo *Wonder* desde el principio. Barbara Marcus y Felicia Frazier, gracias. He tenido la suerte de tener a dos mujeres increíbles abriendo caminos y liderando al enormemente talentoso personal de Random House Children. Espero montar a *Poni* con ustedes en cualquier camino que tome. Será un viaje feliz. Gracias también a Jillian Vandall Miao, una de mis personas favoritas en el mundo, por ser la mejor compañera de viaje que una escritora/amiga podría desear, pero especialmente por esa llamada telefónica que me hiciste después de haber terminado de leer el manuscrito. Significó más para mí de lo que puedas imaginar.

Gracias al profesor John N. Low, de la Universidad Estatal de Ohio, director del Newark Earthworks Center y ciudadano de la Banda Pokagon de Potawatomi, por compartir conmigo sus conocimientos sobre la historia de los indios americanos y sobre identidades nativas.

Gracias a Alyssa Eisner Henkin, mi agente, por apoyarme siempre y por defender todos mis libros, especialmente éste. No hay nadie en esta industria en cuyo instinto confíe más, desde el punto de vista tanto literario como empresarial, y agradezco mucho ser una de las beneficiarias de su talento y su arduo trabajo. Siento que ya hemos caminado diez mil kilómetros juntas, y espero que caminemos otros diez mil.

Gracias, Molly Fletcher, por tus incalculables aportaciones en el video de promoción del libro. Tu hermosa interpretación de violín y composición para el solo de «Fare Thee Well» y tu ayuda en la producción elevaron este proyecto a alturas que nunca había imaginado. Gracias también a Lane de Moon Recording de Greenpoint por facilitar la grabación con distancia de seguridad, y a Aiden por su ayuda en la filmación del video.

Gracias, Rebecca Vitkus, por ser una colaboradora tan maravillosa en el video y por tu sabiduría y paciencia con mis consultas de gramática y corrección de estilo. Pero, sobre todo, gracias por traer tanta alegría a nuestro hogar en el extraño año que fue 2020.

Gracias a los médicos y enfermeras, los repartidores, los socorristas, los maestros, los trabajadores postales y profesionales esenciales que mantuvieron el mundo en marcha durante los meses de confinamiento de la COVID-19, que es cuando escribí estas páginas.

Gracias a mis mamás de Amalfi por mantenerme cuerda y risueña.

Gracias, papi, por Ítaca.

Gracias, muy especialmente, a mi maravillosa familia, Russell, Caleb y Joseph. Gracias por prestar su prodigioso talento al video promocional del libro, tanto delante como detrás de la cámara. Russell, ¿qué puedo decir? Hicimos esto juntos. Gracias por todo, y de nada. Y Caleb y Joseph, estoy impresionada con los dos, mis maravillas, y los quiero más de lo que las palabras pueden expresar. Hacen este mundo muy hermoso.

Poni de R. J. Palacio
se terminó de imprimir en el mes de mayo de 2022
en los talleres de Diversidad Gráfica S.A. de C.V.
Privada de Av. 11 #1 Col. El Vergel, Iztapalapa,
C.P. 09880, Ciudad de México.